AF603742

BATALLA POR LA HUMANIDAD

Fernando Guevara Rabago

BATALLA POR LA HUMANIDAD

Editado por: Corporación Ígneo, S.A.C.
para su sello editorial Ediquid
José Olaya 169, Ofic. 504, Miraflores. Lima, Perú
Primera edición, noviembre, 2024

ISBN: 978-612-5160-75-1
Tiraje: 50 ejemplares

Hecho el Depósito Legal en la Biblioteca Nacional del Perú N° 2024-10071
Se terminó de imprimir en noviembre de 2024 en:
ALEPH IMPRESIONES SRL
Jr. Risso Nro. 580 Lince, Lima

www.grupoigneo.com
Correo electrónico: contacto@grupoigneo.com | Teléfono: +51 955 071 270
Facebook: Grupo Ígneo | X: @editorialigneo | Instagram: @grupoigneo

Colección: Nuevas Voces

Contenido

El comienzo

Les voy a contar la historia de un hombre que se resistió contra la tiranía que dominaba el planeta entero. Pero para entender a este hombre, tengo que empezar desde el principio de la historia de la humanidad.

Es el año 2054, los gobiernos de todo el planeta están deshechos. Es un desorden total, todo gracias a un grupo de seres extraterrestres que intenta dominar el mundo, imponiendo un solo gobierno dirigido por ellos.

Todo comenzó hace 250 000 años. La Tierra era un lugar completamente silvestre, donde reinaban los mamíferos en sus diferentes especies. Pero había una especie diferente, que vivía en grupos jerárquicos y empezaba a utilizar instrumentos y armas para cazar y defenderse, ya fuera de otros animales o de individuos de su misma especie. También habían desarrollado un lenguaje muy primitivo, formado por señas y palabras cortas.

Esta especie se denomina *Homo heidelbergensis*, que se consideraba hasta hace poco una evolución avanzada del simio, así como las especies que surgieron después, como *Homo erectus* y el hombre de Neandertal, entre otros. ¡Qué equivocados estaban nuestros científicos acerca de la teoría de la evolución!

Una mañana en África, una tribu de estos hombres, que se hacían llamar los docsa, se preparaba para cazar cuando una sombra gigante cubrió toda la tribu. Voltearon hacia arriba y lo que vieron fue algo extraordinario: una montaña formada por un material brillante y opaco a la vez se movía sobre ellos de manera sigilosa. De repente, salió de ese artefacto un ruido infernal que espantó a los docsa y alteró a gran parte de los animales que se encontraban a kilómetros de distancia. Los docsa no entendían qué era, pero sabían que era algo para alarmarse.

La reacción de los docsa fue alejarse lo antes posible de esa montaña voladora, pero dos integrantes de la tribu tenían curiosidad y siguieron al artefacto. Lo siguieron durante unos cinco kilómetros hasta que este se detuvo sobre una parte plana, con algunos árboles y arbustos.

De lo que ellos pensaban que era una montaña, salió una luz muy intensa de la parte inferior, una especie de luz que parecía escanear el terreno. Luego la luz se hizo mucho más intensa por un momento, después se apagó instantáneamente, dejando el terreno sin nada; ya no había ningún árbol, arbusto o roca. Salieron del artefacto unos taladros que, a su vez, sirvieron de anclas para que este quedara completamente unificado con la tierra.

Los docsa curiosos observaban asombrados; no sabían qué era, ni siquiera pensaban que podrían ser dioses, ya que en su cultura no había religión ni nada parecido. Ellos nunca hubieran imaginado que lo que estaban presenciando era una nave extraterrestre de una civilización muy avanzada, que venía de un sistema solar muy lejano, de un planeta llamado Ploctuc, un planeta frío con una atmósfera similar a la nuestra. Estos ploctucnianos que llegaron a la Tierra eran un grupo de científicos muy ambiciosos algunos, y otros que realmente solo querían explorar.

Después de unas horas, salieron de la nave unas sondas, que eran unas esferas de unos cincuenta centímetros de diámetro, de un material que reflejaba todo a su paso. Su finalidad era recorrer todo el planeta y llevar la información de lo que veían a la nave.

En menos de un día, las esferas ya tenían información muy detallada de todos los continentes y océanos, qué clase de criaturas habitaban y, por supuesto, de *Homo heidelbergensis*. Por desgracia, los docsa eran la tribu más cercana.

Los dos docsa que estaban cerca de la nave decidieron alejarse lo antes posible. Pero antes de darse cuenta de qué había sucedido, ya estaban dentro de la nave, sin tener idea de cómo habían llegado allí. Estaban realmente asustados y muy nerviosos.

Estos dos pobres docsa fueron víctimas de un sinnúmero de experimentos, y a los pocos días ya no eran los únicos prisioneros, habían capturado a dos docsa más, pero de sexo femenino. En meses, ya tenían varias parejas.

La finalidad de estos experimentos era perfeccionar la raza, hacerla más inteligente para poder dominarla, hacerla esclava y usarla a su antojo. Después de un año de pruebas con las parejas de docsa, lograron crear cien especímenes de ambos sexos. Este nuevo espécimen era mucho más inteligente y ágil, perfecto para los fines de los ploctucnianos. A esta nueva especie ya se le puede denominar *Homo sapiens*.

Los ploctunianos, después de discutir entre ellos, decidieron dejar al grupo entero fuera de la nave en donde encontraron a los primeros docsa y regresar a su planeta. Estos ploctucnianos, en su planeta, eran unos simples científicos más, pero en la Tierra podían ser dioses y dominar a la humanidad. Pero para esto, tenía que haber humanidad y no solo los cien humanos que crearon. El plan fue dejar a estos cien humanos, cincuenta hombres y cincuenta mujeres, en la Tierra, y que ellos solos se reprodujeran formando colonias y abarcando gran parte de la Tierra.

Y así fue, en unos mil años ya había muchísimos humanos, miles, y poco a poco fueron desplazando a *Homo heidelbergensis* hasta su extinción. Después de 100 000 años, los humanos ya se habían expandido por todo el planeta Tierra. Los ploctucnianos nunca abandonaron realmente la Tierra; siempre estuvieron observando el progreso de su creación. Decidieron que era el momento de regresar a la Tierra, para ahora imponerse ante los humanos.

La conquista

Hace unos cien mil años regresaron los ploctucnianos, pero ahora con la intención de no volver jamás a Ploctuc. Venían a tomar el control de la Tierra, donde los humanos ya eran la especie dominante. Cuando llegaron al planeta, ya tenían perfectamente definido dónde iban a colocar la nave y establecerse. Conocían muy bien el planeta Tierra, no solo su superficie y océanos, sino también su interior: cuevas, cavernas gigantes, todo estaba conectado y podían recorrer todo el globo subterráneamente. Los ploctucnianos se sentían muy a gusto bajo tierra, ya que era muy frío, igual que Ploctuc.

Se dividieron y fueron a visitar las colonias humanas más importantes, colonias que ya tenían jerarquías y un pueblo para gobernar. No eran como las culturas antiguas que conocemos; no tenían grandes estructuras ni eran grandes imperios. Las colonias más grandes apenas llegaban a unos mil humanos, establecidos junto a lagos o ríos. Estas colonias eran sedentarias, con un pequeño ejército que cuidaba los alrededores de los nómadas. Conocían la agricultura, ganadería y pesca, además de tener un grupo de cazadores que traían otro tipo de comida, pieles, etc. No existía el comercio dentro de la colonia; cada individuo tenía su deber y todos comían por igual. El liderazgo de la colonia no era hereditario, se ganaba. Cuando un líder se hacía viejo, se organizaba una competencia que abarcaba todas las actividades de la colonia, pero lo más importante era que los aspirantes se iban un año fuera de la colonia solos, para conocer el mundo exterior y fortalecerse. La mayoría no regresaba, pero los pocos que volvían lo hacían como líderes.

Los nómadas eran grupos más pequeños, de unos cien individuos, y eran menos civilizados. El liderazgo duraba, como mucho, un año, ya que lo ostentaba el más fuerte, sin importar su inteligencia, y se podía retar al líder en cualquier momento. No tenían parejas estables; todos estaban con todos. Eran gente muy agresiva y peligrosa para las colonias.

Una de las colonias más importantes en esa era eran los mosfac, una colonia muy organizada, a la que ni siquiera los nómadas más fuertes se atrevían a invadir. Una mañana, la guardia de los alrededores vio una silueta que no se distinguía muy bien por la bruma. Se acercó poco a poco hasta que lo pudieron ver claramente. Este ser seguía caminando hacia ellos, hasta que se detuvo a unos cuarenta metros. Los guardias se quedaron impactados por lo que veían: era un ser de tres metros, con piel oscura muy lisa. Se veía delgado pero imponente a la vez, con extremidades largas y una cabeza ovalada en la parte inferior y puntiaguda en la parte superior trasera. Tenía unos ojos negros muy penetrantes; la nariz casi no se notaba, y la boca se veía pequeña. Era un soldado ploctucniano muy imponente que observaba fijamente a la guardia de los mosfac. Estos enviaron un mensajero lo antes posible mientras los demás se preparaban para defender su territorio, aunque un escalofrío infernal les corría por la espalda. La forma en que el ploctucniano los miraba era aterradora.

De pronto, el soldado ploctucniano abrió la boca, mostrando unos dientes muy filosos y soltando un grito no muy fuerte, pero sí muy tétrico, una serie de ruidos, cada uno diferente. Al instante, ya tenía alrededor de él a quince seres similares, pero estos no parecían estar vivos y eran del mismo material brillante y opaco que el de sus naves. Medían aproximadamente 2,50 metros y no se distinguían ojos ni boca, pero se podía sentir cuando uno te miraba fijamente.

Se quedaron quietos una hora; para entonces, los guardias ya tenían refuerzos. Los mosfac que llegaban al área de defensa se quedaban paralizados al ver a los ploctucnianos, especialmente al primero que estaba en medio, quien era aterrador. De la nada, salió un sonido infernal y ensordecedor; era como una señal para todos los ploctucnianos que estaban en los perímetros de las distintas colonias para avanzar y comenzar su conquista.

Avanzaron los ploctucnianos sin romper su formación. Los mosfac atacaron con flechas, lanzas y piedras sin ningún resultado; las flechas eran repelidas cinco metros antes de llegar a los ploctucnianos. De pronto, los ploctucnianos rompieron su formación y en un instante, cada extraterrestre estaba frente a un mosfac, dejándolos fuera de combate con un toque. Pero el soldado ploctucniano del centro era más cruel y mataba a lo que tocaba. Los mosfac no tenían forma de defenderse; por un lado, los ploctucnianos eran físicamente más grandes y fuertes, y por otro, su tecnología era infinitamente superior. De haber querido, estos dieciséis ploctucnianos podrían haber destruido la colonia en minutos, pero sus órdenes eran conquistar y aterrorizar, para después poder dominar sin problemas a la raza que ellos habían creado.

En dos horas ya tenían a las colonias más importantes dominadas y aterrorizadas, con la gente arrinconada en una explanada. Luego llegaron pequeñas naves que dispararon a sus construcciones para reafirmar su poder y autoridad. De las naves salieron más ploctucnianos, no tan grandes como los soldados; estos eran de otra categoría, de unos dos metros de altura. Estos ploctucnianos podían comunicarse con los humanos en sus diferentes dialectos; eran intérpretes, científicos, estudiosos. Su finalidad era comunicar a los humanos de una forma más amable cómo sería su nueva forma de vida, haciéndoles entender que estos seres que venían de la nada eran algo similar a dioses, y que los humanos tendrían que cooperar con ellos o, de lo contrario, serían eliminados. A los humanos no les quedó más que acceder; no podían hacer nada contra semejante poderío.

La resistencia

Al principio, muchos humanos se resistían, pero después de décadas, los humanos ya nacían bajo el yugo de los ploctucnianos y era muy fácil dominarlos. La gente de las colonias dejó de tener su forma de vida, que se puede decir que era muy civilizada. En cambio, todos eran esclavos, bestias domadas para hacer grandes construcciones para los ploctucnianos, monumentos que los humanos nunca hubieran imaginado por su complicada ingeniería. Los niños mayores de cinco años eran arrebatados de sus madres para que desde sus primeros años aprendieran a respetar y seguir órdenes de los ploctucnianos, y así evitar futuros enfrentamientos con los humanos.

Los ploctucnianos estaban en todas las colonias, dejando rastro de sus monumentos por aquellos lugares, pero después de unos cien años, empezaron a transportar mucha gente a un lugar en África, queriendo hacer una especie de capital allí, un lugar con monumentos más impresionantes que los demás. Estos monumentos no eran como las pirámides que conocemos; eran verdaderos edificios bajos, comunicados todos entre sí con unos cilindros para transportarse de una forma increíblemente rápida. Se usaban materiales desconocidos y tenían gran iluminación.

En quinientos años a partir de su llegada, tenían unas ciudades pequeñas y una gran ciudad. Estar dentro era impresionante, con mucha tecnología, pero a la vez muy tenebroso y gris, nada alegre. Los ploctucnianos vivían mucho más que los humanos, por lo mismo no se reproducían tan fácilmente. De los aproximadamente quinientos ploctucnianos que llegaron al planeta Tierra, en quinientos años habían ascendido a unos setecientos.

Era ridícula la cantidad tan pequeña de ploctucnianos que dominaba a la gran cantidad de humanos.

Poco a poco, los humanos se dieron cuenta de que los ploctucnianos eran seres físicos con debilidades: se enfermaban, podían ser lastimados o morir. La diferencia era su gran tecnología, pero esta ya no era tan desconocida para los humanos. Algunos humanos habían logrado escapar de aquellas ciudades, quedando desolados en los bosques, selvas o desiertos. Muchos de los que escapaban morían, ya que no tenían ningún conocimiento de cómo vivir en la naturaleza, pero también muchos eran rescatados o atrapados por los nómadas. Los nómadas habían aprendido a escabullirse entre las ciudades, a pasar sin ser vistos, y como siempre, sabían vivir perfectamente en la naturaleza. Al principio, los ploctucnianos los cazaban para tener más mano de obra, pero pronto los olvidaron, dejando de darles importancia. Tenían suficiente mano de obra en sus ciudades y cada vez había más humanos, por lo que los nómadas, que para ellos eran solo unos cuantos salvajes, ya no les interesaban.

Estos humanos que lograban escapar y eran atrapados por los nómadas empezaron a enseñarles la verdad sobre los ploctucnianos, y los nómadas dejaron de capturar a los humanos que escapaban; los adoptaban. Querían saber más de estos seres extraterrestres, a los cuales detestaban. Los nómadas eran gente muy agresiva; no olvidaban, ni después de quinientos años, las masacres que los ploctucnianos infligieron a muchas tribus nómadas. Estas historias pasaron de generación en generación, y al saber que la gran ventaja de los ploctucnianos era su tecnología, sintieron una pequeña esperanza de venganza.

Así, las diferentes tribus nómadas se unieron por primera vez en toda su existencia. Rescataban a todo humano que escapaba, ya que estos eran clave para saber más de los ploctucnianos. Con tantos humanos de las ciudades ploctucnianas rescatados, los nómadas aprendieron muchas cosas, entre ellas la organización; querían aprender lo más posible de su enemigo, sabían que cuanto más se parecieran a los ploctucnianos, más oportunidades tendrían en una batalla.

Ya los nómadas, unidos y organizados, tardaron unos cien años en tener perfectamente identificados los accesos de las ciudades, ubicaciones, puntos débiles, etc. A tal grado que podían entrar y salir sin ser vistos. Lo que no tenían eran armas a la altura de los ploctucnianos, por lo que convenía permanecer quietos, sin llamar la atención. Pero entre los humanos se corría cada vez más la voz de que fuera de las ciudades había esperanza de libertad, y por más que los ploctucnianos se llevaban a los niños para enseñarles respeto, a la larga, estos sentían que no habían nacido para ser esclavos de nadie.

Cada vez eran más los humanos que intentaban escapar, muchos lo lograban y muchos no. Eran tantos los que intentaban escapar que llamaron la atención de los ploctucnianos. Estos, que durante mucho tiempo se sentían muy cómodos en sus ciudades, invencibles y sin posibilidad de una rebelión, se dieron cuenta de que algo estaba pasando; los humanos actuaban raro y ya no les tenían tanto miedo. Decidieron dar un recorrido por todo el planeta con sus sondas para asegurarse de que todo estaba bien, pero lo que vieron no les gustó nada: había distintos grupos de nómadas organizados estratégicamente alrededor de cada ciudad.

Inmediatamente, los ploctucnianos se prepararon para atacar y matar a todo humano fuera de las ciudades; no les interesaba tomar prisioneros, sentían que los nómadas eran una gran amenaza. Lo que ellos no sabían era que los nómadas tenían ubicados varios accesos a las ciudades, lo que era una gran ventaja contra un ataque inminente. El plan era esperar el ataque de los ploctucnianos; los humanos sabían que ellos saldrían a atacarlos, y en ese momento, se meterían la mayor cantidad de humanos posible y atacarían dentro de la ciudad mientras unos cuantos se quedaban afuera distrayendo a los soldados. Sabían que morirían, pero los nómadas eran guerreros y no temían a la muerte.

Además, se sentían un poco más seguros porque sus armas estaban hechas del mismo material que muchas cosas ploctucnianas, ya que con tantas construcciones había mucho desperdicio, y los primeros humanos que habían logrado escapar les habían enseñado a moldear este material. Tenían mazos, espadas, lanzas, escudos, e incluso habían fabricado pequeñas armaduras. Con este material podían atravesar cosas muy duras.

Y así fue, los ploctucnianos reunieron casi todos sus soldados para salir a atacar y acabar con cualquier rebelión antes de que empezara. De la gran ciudad se abrieron unas puertas gigantes, y de ellas salieron varios soldados ploctucnianos, dirigiendo a muchos de los seres brillantes y opacos. Por los cielos salieron naves; todo sucedió muy rápido. Los nómadas siempre estaban preparados, y unos quinientos de ellos huyeron alejándose de la ciudad, con el fin de que los siguieran. Al mismo tiempo, a través de los accesos secretos de los humanos, lograron entrar alrededor de dos mil quinientos humanos a la ciudad principal, atacando todo lo que podían y alentando a los humanos que estaban dentro a unirse al ataque. En poco tiempo eran cuatro mil humanos atacando y destruyendo todo. Entraron a una especie de laboratorio y masacraron a los ploctucnianos que trabajaban en sus experimentos, y siguieron avanzando hasta que se toparon con unos veinte soldados ploctucnianos.

Pero no se detuvieron y continuaron avanzando contra los soldados ploctucnianos, que eran mucho más fuertes y crueles que los científicos que tan fácilmente habían matado; estos eran soldados muy entrenados de tres metros de altura. Los humanos no podían acercarse a ellos sin ser mutilados, pero eran demasiados humanos y muchos lograron pasar alrededor de los soldados ploctucnianos, quienes, en su desesperación, rompieron filas y persiguieron a los humanos, dejando puntos débiles en su defensa. Los humanos lograron matar a seis de estos soldados.

Después de pasar por la pequeña barrera de soldados ploctucnianos, se toparon con una gran puerta cerrada, que para los humanos era imposible atravesar. Para entonces, todos los ploctucnianos que habían salido de la ciudad a atacar a los humanos ya sabían lo que ocurría dentro de la ciudad y regresaban para defenderla. En un momento, los humanos se encontraron atrapados entre la gran puerta y todo el ejército ploctucniano. Estos atacaron sin piedad, arrasando con gran crueldad a los humanos. Muy pocos lograron escapar, unos quinientos.

Los humanos sobrevivientes se agruparon en los bosques, pero casi instantáneamente fueron atacados nuevamente, hasta ser casi exterminados. Lo mismo pasó en las afueras de todas las ciudades; la autoestima de los humanos estaba por los suelos.

Los pocos humanos sobrevivientes intentaron rehacer sus vidas como antes, escondiéndose y alejándose lo más posible de las ciudades.

El desacuerdo

Los ploctucnianos estaban impresionados por el desastre que los humanos habían causado dentro de sus ciudades, así como por la organización que estos habían logrado. Sabían que habían subestimado a los humanos y les preocupaba de lo que podían ser capaces y lo rápido que aprendían. Sabían que los humanos, solos, eran débiles, pero unidos eran capaces de lograr cosas extraordinarias. Sin embargo, al mismo tiempo, los necesitaban, ya que eran su mano de obra, y no pensaban destruir a la raza que habían creado para mantener su sustento. El nuevo plan era impedir que los humanos se unieran, mantenerlos en desacuerdo entre ellos, lo cual no era muy difícil de lograr, gracias a la ambición de los humanos.

Dentro de la élite de los ploctucnianos había una integrante femenina muy respetada. Gran parte del ejército y otras entidades la apoyaban sin dudar, debido a su sabiduría y otros logros que había conseguido tiempo atrás. Siempre apoyaba a su gente sin importar su rango, y por eso muchos ploctucnianos estaban en deuda con ella, aunque ella nunca lo mencionaba, y por eso la mayoría moriría por ella. Esta ploctucniana, cuyo nombre era Braxta, comenzó a ver a los humanos como una raza con un enorme potencial, que podía avanzar tecnológicamente y sobresalir por sí sola. Por una parte, se sentía orgullosa de la creación de los ploctucnianos y les había tomado cierto respeto y hasta cariño a los humanos, incluso después del ataque a su ciudad, ya que lograron engañar a los ploctucnianos por un momento.

Por otro lado, dentro de la élite, había otros ploctucnianos que no pensaban como ella; se sentían humillados y querían castigar de forma muy severa a los sobrevivientes, incluso a aquellos que no habían participado en el ataque. A ellos no les importaba la capacidad de los humanos y solo pensaban en su propia grandeza, estaban dispuestos a hacer lo que fuera para demostrar nuevamente su autoridad y ser vistos como dioses.

La élite ploctucniana en la Tierra comenzó a tener desacuerdos. Por un lado, estaba Braxta, que no solo quería proteger a los humanos, sino que también proponía dejarlos solos. En pocas palabras, sugería irse de la Tierra, borrar todo rastro ploctucniano y observar el desarrollo de los humanos a lo largo de los siglos. El planeta Ploctuc es parte de un sistema universal donde solo las civilizaciones muy avanzadas forman parte y deciden muchos destinos de planetas y algunas formas de vida. Braxta creía que en unos pocos milenios los humanos podrían formar parte de este sistema universal.

Por otro lado, el resto de la élite estaba en desacuerdo con Braxta. Ellos solo habían venido a conquistar y ser dioses, no les interesaba el desarrollo de los humanos ni sus avances científicos; eran seres crueles y fríos. Uno en particular, llamado Bocloc, era el opuesto a Braxta. Para él, los humanos no eran más que animales de carga con capacidad de rebelión; quería someterlos hasta tenerlos muertos de miedo a sus pies. Le enfurecía aún más el simple hecho de que los humanos estuvieran tan bien organizados y el daño que lograron hacer a las ciudades. Bocloc también tenía seguidores fieles, pero a diferencia de Braxta, se había ganado esa lealtad por su reputación de crueldad, siendo capaz de castigar a cualquiera que no siguiera sus reglas, y muy pocos lo enfrentaban.

Tanto Braxta como Bocloc eran ploctucnianos de muy alto rango, y en un principio ambos intentaban no interferir el uno con el otro. Había cierto respeto entre ellos para evitar enfrentamientos fuertes. Sin embargo, sus filosofías tan diferentes con respecto a los humanos, especialmente a partir de la rebelión, empezaron a generar tensiones y fuertes disputas en el consejo. Estas disputas llegaron a tal grado que la élite ploctucniana se dividió, con un treinta por ciento apoyando a Braxta y el setenta por ciento restante apoyando a Bocloc.

En teoría, por mayoría de votos, se tendría que hacer lo que Bocloc proponía, pero Braxta se opuso. Bocloc, enfurecido, declaró a Braxta fuera del consejo, desterrándola de la élite ploctucniana. Pensaba que con eso Braxta cedería a sus peticiones, de lo contrario, sería arrestada. Por supuesto, Braxta no cedió, pero se preocupó mucho y puso en alerta a sus seguidores más cercanos, y estos, a su vez, pusieron en alerta a más seguidores de Braxta, incluyendo a muchos soldados que la seguían.

Batalla por la libertad

Estas disputas tan fuertes dentro de la élite ploctucniana afectaron muchos procesos dentro de las ciudades, y los humanos se dieron cuenta de que algo estaba sucediendo. Los humanos que trabajaban dentro de los edificios corrían la voz de lo que ocurría, sabían que Braxta abogaba por ellos.

Bocloc, que era muy orgulloso y se sentía intocable, dio fácilmente la orden de arresto contra Braxta. Se sentía muy protegido al tener el setenta por ciento del consejo a su favor, pero no contaba con todo el apoyo del ejército y de la gente de rangos más bajos que respaldaban a Braxta.

A la mañana siguiente, Braxta salió de su habitación a supervisar las actividades a su cargo, una rutina que llevaba haciendo desde hace mucho. En el trayecto de su habitación a uno de los laboratorios, fue interceptada por un grupo de cinco guardias, quienes la apresaron con la intención de llevarla a los calabozos. Muchos ploctucnianos fueron testigos de este evento; afortunadamente para Braxta, muchos de los testigos eran seguidores suyos.

Con Braxta presa, Bocloc tenía autoridad total, convirtiéndose en el ploctucniano más cruel al mando de toda la élite, algo muy perjudicial para los humanos, ya que este despiadado ploctucniano tenía planes extremadamente crueles.

Dos horas después de la aprensión de Braxta, sus seguidores ya estaban listos y organizados. Un grupo de soldados muy bien armados, y con una ira incontrolable, marchó al calabozo para rescatar a Braxta, mientras que otro grupo de soldados, dirigidos por un general llamado Forfic, marchó hacia la torre donde se encontraba la élite escuchando a Bocloc. Al mismo tiempo, diversos grupos dirigidos por Forfic se posicionaron estratégicamente, preparados para atacar principalmente a las fuerzas leales a Bocloc.

Forfic era un gran soldado que, con el tiempo, se convirtió en un general muy respetado por el ejército ploctucniano. Había estado en varias batallas ploctucnianas y nunca había perdido. Era un gran estratega, agresivo y testarudo, por lo que a menudo se metía en problemas con ploctucnianos de mayor rango. Era un ploctucniano muy difícil de controlar, razón por la cual muchos en la élite no estaban de acuerdo en que estuviera al mando del ejército en la Tierra. En muchos de los problemas que tuvo, fue apoyado y de alguna manera rescatado por Braxta. Así como Forfic era agresivo, testarudo y difícil, también tenía un gran sentido del honor y se sentía en deuda con Braxta; no le importaba si estaba de acuerdo o no con sus ideales, él la seguiría sin importar el precio. Al estar Forfic con Braxta, automáticamente la mitad del ejército también lo estaba, ya que muchos le debían la vida a Forfic.

Forfic sabía que, aun con la mitad del ejército bajo su mando, le sería difícil obtener la victoria, y no podía arriesgarse a perder, ya que eso significaría la pena de muerte para Braxta y todas sus fuerzas. Forfic tenía a su favor el factor sorpresa, pero eso no era suficiente para el general ploctucniano. Tenía que obtener la victoria, sin importar cómo. Algunos de los ploctucnianos que tenían trato directo con los humanos también eran fieles a Braxta, y Forfic se aseguró de que los humanos supieran perfectamente lo que ocurría; los instruyó y les dio armas ploctucnianas, no muy poderosas para poder controlarlos después de obtener la victoria. Las fuerzas de Forfic llevaban unas marcas amarillas en sus trajes, y así los humanos sabrían a quiénes atacar en la batalla. Con esto, Forfic sentía que tenía asegurada la victoria.

Braxta se sentía desesperada; no sabía si su gente estaba enterada de su arresto o si la matarían. Lo que sí sabía era que sus ideales sobre los humanos serían pisoteados por Bocloc, lo que la enfurecía, sumado a la impotencia de no poder hacer nada. Nunca hubiera creído que Bocloc llegaría tan lejos.

Braxta estaba sentada junto a la puerta, sintiéndose humillada, cuando de repente escuchó disparos y una pelea. Se alejó de la puerta y se cubrió; luego hubo un gran silencio. Un minuto después, la puerta se abrió y entró un gran soldado ploctucniano. Al verlo, Braxta pensó lo peor, pero él le dijo que estaba a sus órdenes, así como el general Forfic. Al escuchar el nombre de Forfic, Braxta sintió un gran alivio. A lo lejos, se empezaron a escuchar disparos y una gran batalla, y los soldados le explicaron a Braxta toda la estrategia de Forfic. La primera reacción de Braxta fue ir a la batalla, pero el soldado le dijo que sus principales órdenes eran mantenerla a salvo. Braxta accedió y la llevaron a las afueras de la ciudad por uno de los pasadizos que antes habían usado los humanos para escapar. No sin antes pasar por varios grupos de guardias; Braxta estaba en medio de un círculo de soldados que la protegían con una técnica impresionante, y solo dos soldados murieron antes de llegar al pasadizo.

En la torre, Forfic ya tenía prisioneros a toda la élite, Bocloc incluido. Forfic y sus fuerzas que tomaron la torre estaban acorralados mientras el ejército de Bocloc quería entrar desesperadamente. En toda la ciudad había una batalla impresionante; los humanos estaban en medio de la batalla, impresionados por la fuerza y ferocidad con que los ploctucnianos de ambos bandos peleaban. Todo estaba muy parejo, cuando Forfic dio la señal desde la torre para que los humanos se unieran a la batalla. La señal era una bomba que explotó en el aire sobre una plaza, donde se libraba una gran batalla. Los soldados de Forfic sabían lo que era esa bomba, pero los de Bocloc no, y no pudieron evitar mirar hacia arriba para protegerse. Pero al volver a enfocarse en la batalla, ya no peleaban solo contra los ploctucnianos fieles a Braxta, sino también contra una gran cantidad de humanos que tenían armas ploctucnianas y no solo lanzas, espadas y flechas. Este ataque sorpresa resultó mejor de lo esperado, porque los humanos estaban esparcidos por toda la batalla y, al estar los soldados de Bocloc peleando contra los de Braxta, no los tomaron en cuenta. Eran demasiados humanos los que se unieron a la batalla; los que no tenían armas recogían armas de ploctucnianos caídos. Al principio, los humanos estaban aterrados, pero Forfic, como buen orador, los alentó a pelear no por Braxta, sino por ellos mismos. Les hizo entender que si esta batalla se perdía el futuro de los humanos sería algo peor que su exterminio.

En la plaza, las fuerzas de Forfic y los humanos ya se sentían victoriosos, pero en la torre, Forfic apenas resistía el embate de los soldados de Bocloc que querían rescatarlo. Aun así, Forfic se sentía confiado, ya que las fuerzas de la plaza y los humanos se dirigían a la torre. En un instante, los soldados de Bocloc estaban acorralados entre Forfic con lo que quedaba de sus fuerzas en la torre y todos los que estaban peleando en la plaza. El soldado que estaba en el segundo puesto del ejército, debajo de Forfic, dirigía el rescate de Bocloc; se llamaba Locme y ansiaba el puesto del general Forfic.

Las fuerzas de Locme no cedían, y Forfic decidió eliminar lo que los impulsaba a pelear. Agarró a Bocloc por su delgado cuello, lo llevó a un balcón desde el que se veía toda la batalla. Bocloc gritaba: «¡Tu lealtad debe ser hacia mí!», estaba realmente espantado; ya no se sentía poderoso. Forfic encajó sus garras en el cráneo de Bocloc y, con su gran espada, le atravesó el cuello, dejando caer su cuerpo y quedándose con la cabeza en sus garras. Locme presenciaba ese acto a lo lejos; en ese momento, sus ambiciones de ser general se esfumaron.

El ejército de Bocloc comenzó a desmoronarse, y muchos soldados empezaron a huir. Forfic, aún con la cabeza de Bocloc y aprovechando el desorden en el ejército de Bocloc, se lanzó contra Locme y le arrojó la cabeza a sus pies. Locme ya estaba acorralado, a punto de ser asesinado, pero Forfic detuvo a sus soldados y lo retó a un combate:

—¿Quieres mi puesto? ¡Pues tómalo! —le arrojó una espada y dio la orden de que nadie interviniera, pase lo que pase.

Locme agarró la espada, pensando que era su oportunidad para derrotar a Forfic, y comenzaron a pelear. Era impresionante ver a estos dos ploctucnianos de tres metros pelear de esa manera. Locme atacaba con todo lo que tenía, pero Forfic bloqueaba con facilidad todos sus ataques, hasta que, justo después de un bloqueo, Forfic lanzó su ataque: primero un corte al cuello, luego encajó su espada en el tórax, seguido de más cortes a todo el cuerpo de Locme, matándolo en un instante.

Con este acto, Forfic le dio a Locme la oportunidad de vencerlo en un combate uno a uno y ganó el respeto de los soldados de Locme, que ya estaban sometidos. Forfic les perdonó la vida con la condición de que se unieran a su ejército. Estos no dudaron en unírsele.

Al tener asegurada la victoria, Forfic desactivó las armas que había dado a los humanos con un control que tenía en el mango de su espada y los sometió rápidamente, sin dañar ni lastimar a ninguno. Ya con los humanos indefensos, dialogó con ellos, agradeciéndoles y diciéndoles que las cosas cambiarían, pidiéndoles paciencia para que no se rebelaran nuevamente. Después de ver de lo que era capaz el general Forfic, los humanos accedieron fácilmente.

Forfic hizo traer a Braxta con los soldados más fuertes y leales a él, quienes se habían encargado del rescate del calabozo y de su traslado a un lugar seguro. Braxta iba muy nerviosa, porque desde su refugio se escuchaba una batalla infernal y no sabía qué se encontraría al entrar a la ciudad, ni si Forfic o sus pocos seguidores en la élite seguirían con vida.

En el recorrido del refugio a la torre, Braxta veía demasiados cadáveres de ploctucnianos caídos en la batalla, y en parte se sentía culpable. Al llegar a la torre, tropezó con la cabeza de Bocloc, que estaba tirada muy lejos del resto de su cuerpo. Braxta no pudo evitar sentir cierta satisfacción y observó la cabeza unos cuantos segundos. Al volver la vista, ahí estaba Forfic, orgulloso como siempre, al frente de su ejército, el cual ahora lo respetaba más. Forfic en ese momento pudo tomar el control de las fuerzas ploctucnianas en la Tierra, pero lo que hizo fue guiar a Braxta al interior de la torre, donde tenía prisioneros a toda la élite, y le dio control absoluto a Braxta. Nadie objetó, por temor a terminar como Bocloc.

La partida

Braxta, por fin, tenía la última palabra en las reuniones de la élite y tomó una decisión muy difícil: los ploctucnianos regresarían a su planeta, dejando a los humanos ser dueños de su propio destino. Esta decisión no la tomó Braxta sola; informó de todo lo sucedido en la Tierra al sistema galáctico al que los ploctucnianos pertenecían, y este sistema estuvo de acuerdo con ella.

Los ploctucnianos liberaron a todos los humanos que estaban cautivos en sus ciudades, y una vez vacías, estas fueron destruidas por los propios ploctucnianos con la intención de borrar todo rastro de su presencia en la Tierra. Así, los ploctucnianos partieron hacia otros sistemas solares en busca de nuevos hallazgos, dirigidos por Braxta, quien a su vez estaba bajo la protección de Forfic y su gran ejército. Sin embargo, que los ploctucnianos se hayan marchado no significa que se olvidarían de la Tierra, ya que siempre estarían monitoreando los avances de los humanos, a través de los años, hasta que se destruyan a sí mismos o se conviertan en una civilización más avanzada.

Los humanos que habían estado cautivos y fueron liberados en bosques, selvas y desiertos no tenían idea de cómo sobrevivir, por lo que muchos se unieron a las diferentes tribus nómadas que quedaban, y el resto formó su propia civilización, aprovechando el conocimiento adquirido de los ploctucnianos.

Después de la partida de los ploctucnianos, los humanos y sus diferentes tribus nómadas, así como las colonias sedentarias, se mantuvieron muy unidas y siempre alerta ante un posible regreso extraterrestre, viviendo en paz entre ellos. Esta fue una época muy buena para la humanidad. Sin embargo, con el paso de las décadas, lo que los mantenía unidos se fue olvidando; las nuevas generaciones ya no habían vivido bajo el yugo ploctucniano, y esos momentos vividos en aquellas épocas se convirtieron en solo historia. Los lideratos de tribus y colonias fueron pasando a sus descendientes, quienes, poco a poco y con más ambición, fueron olvidando los acuerdos entre humanos que alguna vez existieron. Así, comenzaron nuevamente las guerras entre humanos, en busca de mayor territorio, monarquía absoluta, etc.

Invasión secreta

En aquella batalla en la que Forfic rescató a Braxta y derrotó a Bocloc, lograron escapar algunos ploctucnianos que luchaban del lado de Bocloc. Estos ploctucnianos soldados no le eran leales a nadie. Se escondieron en túneles subterráneos y solo salían muy de vez en cuando para cazar y alimentarse. A través de esos túneles lograban acceder a gran parte del planeta. Al principio vivían aislados, hasta cierto punto temerosos, porque no sabían si Braxta aún estaba en la Tierra.

Así vivieron estos ploctucnianos por mucho tiempo, tal vez décadas, hasta que uno de ellos se aventuró a salir, sintiendo que el peligro ya había pasado. Fue directo a la gran ciudad y, al ver que ya no existía, sintió un gran alivio; se dio cuenta de que él y su pequeño grupo eran los únicos ploctucnianos en la Tierra. No tenía idea de por qué se habían ido, pero no le importaba; ahora era libre.

Al regresar este ploctucniano a los túneles subterráneos, informó a los demás, quienes se sintieron muy satisfechos con la noticia, creyendo que podrían ser los nuevos reyes del planeta. Al salir todo el grupo de ploctucnianos en busca de humanos, se dieron cuenta de que sería imposible dominarlos; estos ya eran muchos, más agresivos, y no se trataba de simples colonias, sino de reinos con un verdadero ejército y mucha ambición. Además, los ploctucnianos eran pocos y tenían muy pocas armas. Decidieron regresar a sus túneles, con el temor de ser cazados por los humanos. Pero uno de ellos, el primero en salir, cuyo nombre era Ismalte, no estaba tranquilo; quería conquistar de alguna forma. Sabía que, por la fuerza, sería eliminado rápidamente, así que, después de un tiempo, ideó un ingenioso plan: ubicar el reino más poderoso y acercarse a su líder o rey. Ismalte sabía que los humanos eran ambiciosos y fáciles de corromper, así que si ofrecía a este rey más poder y secretos para conquistar a sus enemigos, se volvería indispensable para el rey.

Y así fue, el plan de Ismalte dio resultado, a tal grado que, aunque a ojos de su ejército y súbditos el rey parecía tener la última palabra, en realidad las decisiones eran tomadas por Ismalte.

Había muchos reinos y algunos eran fuertes; Ismalte en realidad no podía garantizar siempre la victoria. Muy astutamente regresó a los túneles para convencer a los demás ploctucnianos de usar la misma estrategia en varios reinos, los más poderosos. Estos accedieron fácilmente, ya que estaban hartos de ser invisibles. El plan dio resultado y, en poco tiempo, cada reino tenía un ploctucniano que al final decidía los movimientos. Con esto, Ismalte podía decidir qué reinos serían los más poderosos y cuáles se convertirían en imperios.

En el pequeño grupo ploctucniano de Ismalte, algunos eran soldados y otros científicos, estos últimos de ambos sexos. Así, Ismalte gobernó en secreto durante varias generaciones de humanos, y sus descendientes gobernaron de igual manera, en secreto, hasta el año 2050. Detrás de cada imperio había ploctucnianos en lo más alto y oculto, siempre con extremo cuidado de no darse a conocer ante el pueblo. Pero en realidad, los imperios siempre decaen ante nuevas civilizaciones humanas, ya sean bárbaros u otras, y cuando un imperio no podía resistir más, los ploctucnianos se ocultaban nuevamente y resurgían cuando identificaban a un nuevo líder. Después de varios imperios, muchos éxitos y muchos fracasos, los ploctucnianos se hartaron de este juego de formar imperios para después tener que ocultarse. Entonces idearon un nuevo plan, el cual llevaron a cabo desde el año 1000 d. C. Este plan consistía en crear varias naciones, las más poderosas bajo la supervisión ploctucniana. Crearían guerras entre ellas, habría diferencias, pero al final todas estaban dirigidas por estos seres extraterrestres.

A partir del año 2000 d. C., todo era más fácil para ellos, ya que con la tecnología de esa época podían tener control de todo, con leyes impuestas por ellos; tenían acceso y control de todas las cuentas bancarias, dirigían toda la industria farmacéutica, fábricas de armas, etc. Cada vez imponían leyes más estrictas y hasta ridículas. Para el 2020, vivir en un lugar civilizado empezaba a ser una tortura y la gente comenzó a desesperarse; muchos grupos intentaron rebelarse, y aunque eran numerosos, no lograban vencer a barricadas bien armadas.

De alguna forma, los ploctucnianos tenían muy dominados a los ejércitos y algunos cuerpos policíacos; sus conocimientos tecnológicos eran muy superiores a los de los humanos, incluso en esa época, por lo que lograron encontrar la forma de controlar la mente humana y evitar que los ejércitos y demás se rebelaran. Controlar la mente humana era un proceso muy largo, por lo que solo lo habían logrado con los ejércitos y algunas fuerzas de la policía, ya que estos pasaban por varios exámenes y pruebas destinadas al control de sus mentes.

En el año 2030, ya no existían las naciones, todas se habían unificado en una sola. Era un desorden total en las calles, nadie sabía qué sucedía realmente, y los grupos que se rebelaban eran eliminados inmediatamente. Los humanos de todo el mundo civilizado ya no eran libres; todos tenían miedo hasta de pensar en contra de ese único gobierno. Todas las razas humanas estaban esparcidas por todo el mundo: asiáticos en América, africanos en Asia, americanos y sudamericanos en Europa, etc.

En el año 2040, los ploctucnianos tenían control total de todos los lugares civilizados de la Tierra; eran solo veintiocho ploctucnianos dirigidos por un descendiente de Ismalte llamado Scroctac, un ploctucniano soldado muy fuerte e imponente, muy despiadado y temido por los demás ploctucnianos. Desde chico se le inculcó odio hacia todo ser vivo, especialmente a los humanos. Quería ver a los humanos humillados ante los ploctucnianos; para él, había demasiados humanos para poder controlarlos, y de alguna forma tenía que reducir su número.

Scroctac por fin decidió salir a la luz y darse a conocer ante los humanos. Convocó una conferencia de prensa mundial, en la que el dictador humano llamado Benjamin H. presentó a su verdadero amo, Scroctac. Hasta esta conferencia de prensa, Benjamin H. era considerado el mandatario de mayor rango de ese único gobierno, pero solo era el títere de Scroctac. La reacción de la gente al ver a Scroctac fue indescriptible: un ser de tres metros, con un aspecto cruel y muy intimidante, que hablaba todos los idiomas humanos, proclamó que él era el verdadero emperador del planeta entero, con todos los ploctucnianos detrás de él. Todo el mundo civilizado estaba viendo; había pantallas en todos lados, y para que no quedara duda alguna de quién mandaba en la Tierra, Scroctac tomó a Benjamin por el cuello y, en un instante, le arrancó la tráquea. Todo humano que presenció esta conferencia de prensa quedó realmente aterrorizado; se dieron cuenta de que se trataba de una invasión extraterrestre.

Todos los humanos que planeaban una rebelión se dieron cuenta de que enfrentaban a un enemigo más poderoso de lo que imaginaban. La gran mayoría de estos humanos rebeldes en todo el mundo desistieron, acatándose a las leyes impuestas por los ploctucnianos. Muchos tenían familia y no querían arriesgarla. Pero había un grupo de rebeldes muy agresivos y bien organizados en América, cuyo líder era un hombre llamado Malcom. Era escocés, pero en el año 2031, con la unificación de los gobiernos, huyó con su esposa Lynors a Centroamérica, dándose cuenta de que en todo el mundo existía la misma crisis. En 2033, Malcom y Lynors tuvieron un hijo, al cual llamaron Aleck. No fue un hijo planeado, ya que tanto Malcom como Lynors sabían que el futuro de un hijo no sería muy prometedor con ese gobierno, y fue Aleck quien impulsó a Malcom a formar una rebelión para darle a su hijo un mejor futuro. Malcom era un hombre justo, y le enfermaba ver aplicadas las nuevas leyes impuestas por Scroctac;

no entendía cómo un extraterrestre podía estar al mando de un ejército humano. Hasta que se dio cuenta de que los humanos del ejército habían sido manipulados mentalmente, como si fueran robots programados. Se dio cuenta de que Scroctac podía manipular la mente de todos los humanos con sus nuevas leyes; todos los humanos tenían que ir a un instituto tres horas diarias, y no se sabía qué hacían dentro, ya que todo humano que salía del instituto no recordaba nada de esas tres horas.

Malcom conocía muy bien los bosques y sabía sobrevivir sin civilización. Muchos de los integrantes sabían sobrevivir de formas diferentes, así que tomaron juntos la decisión de esconderse en los bosques; cerca de 200 personas bien armadas y con suficiente ganado seguían a Malcom.

Scroctac, para tener un mejor control, redujo el número de ciudades en todo el mundo, dejando solo las más importantes a su juicio. Por lo tanto, los bosques eran más grandes y estaban más alejados de la civilización que antes.

Era el año 2062. Malcom, de 59 años, seguía al mando de todas las personas que se habían ido con él. Todos lo respetaban y confiaban en él; había mantenido a salvo a su gente durante 22 años. Ya estaban mucho mejor organizados; sus casas en el bosque se camuflajeaban con las copas de los árboles, para que desde el aire no fueran descubiertos. Si alguien sospechoso se adentraba en el bosque y lograba acercarse a su base, lo eliminaban rápidamente, ya que no sabían si era algún humano manipulado mentalmente, y no arriesgarían a sus familias por nadie. Aleck ya tenía 29 años, era un joven fuerte y muy activo. Sus padres le habían enseñado todo, incluso la justicia. Aleck era el líder de un grupo de espías, que cada seis meses se adentraban en alguna ciudad para estar al tanto de lo sucedido. Lynors, como buena madre, se oponía a que Aleck fuera el líder de esas misiones, pero Malcom sabía que no podía detenerlo; en su interior sentía que el papel de Aleck en la rebelión apenas comenzaba.

Gracias a las misiones de espionaje de Aleck, sabían que, a pesar de la reducción de ciudades, no había sobrepoblación en ellas; solo quedaban los humanos necesarios para la productividad del gobierno de Scroctac. Los demás servían como blanco de entrenamiento para el ejército de Scroctac, o como alimento en algunos casos, o trabajaban hasta morir. Estas eran algunas de las soluciones de Scroctac para reducir la población humana.

También descubrieron, gracias a que Aleck hizo prisioneros a varios miembros del ejército de Scroctac, que después de una semana en cautiverio y sin contacto con los ploctucnianos, el efecto del control mental pasaba. Los miembros humanos del ejército de Scroctac podían ser liberados mentalmente con solo una semana de aislamiento, y lo más interesante era que recordaban todo.

A partir de ese descubrimiento, Aleck capturaba la mayor cantidad de miembros del ejército de Scroctac para liberarlos mentalmente y así poder saber más sobre los ploctucnianos. Además, estas personas estaban muy bien entrenadas y serían de gran ayuda para la rebelión. La gente de Aleck logró capturar a un general, y al liberarlo mentalmente, este reveló información valiosa que un simple soldado no sabía. Este general se llamaba Carlos, de origen latino, y su información más importante era que Scroctac sabía de la existencia de la rebelión, pero no sabía dónde estaba ubicada, por lo tanto, estaba formando un pequeño ejército destinado a la búsqueda de esta rebelión.

Cuando Scroctac redujo las ciudades para tener un mejor control, sabía que había humanos esparcidos en las afueras; algunos eran cazados y otros morían, así que no le dio importancia. Pero al darse cuenta de que estaban desapareciendo miembros de su ejército, recordó instantáneamente a aquellos nómadas de hace miles de años que lograron entrar en las ciudades ploctucnianas y causar un desastre, y gracias a esos nómadas, Braxta se había dado cuenta de la capacidad de los humanos. Scroctac se juró a sí mismo que esa historia no se repetiría dos veces. Así que formó un pequeño ejército bien armado y entrenado para localizar grupos de humanos ocultos en las montañas, y otro gran ejército listo para atacar una vez localizada alguna rebelión bien organizada. Lo único que Scroctac sabía era que tenía que buscar en América Latina, ya que ahí habían desaparecido muchos de sus hombres.

Algo que Scroctac no sabía era que, cuando Braxta y Forfic abandonaron el planeta Tierra, nunca dejaron de observarla. Los descendientes de Braxta que estaban en el sistema galáctico sabían perfectamente todo lo sucedido en la Tierra, conocían a Scroctac y a su grupo de ploctucnianos que gobernaban a los humanos, y sabían de Malcom y su pequeña rebelión. Lucrac era el nombre de una descendiente directa de Braxta, representante del planeta Ploctuc en el sistema galáctico y con mucha influencia en este sistema. Ella odiaba lo que Scroctac hacía en la Tierra, pero no quería interferir; quería que los humanos se liberaran por sí mismos. Sin embargo, también sabía que los humanos estaban en gran desventaja, ya que no tenían ninguna información sobre su origen, y necesitaban un líder a quien seguir, alguien conocido y respetado por los humanos. En todo el planeta había pequeñas rebeliones, pero ninguna como la de Malcom y Lynors. Lucrac comenzó a interesarse mucho en los integrantes de esta rebelión, pero dentro del grupo de Malcom había un ser humano que le llamó mucho más la atención, así que decidió que este ser humano debía ser el gran líder para combatir a Scroctac.

Un nuevo líder

Una mañana como casi todas, Aleck caminaba montaña arriba hacia un lugar secreto que solo conocía una joven llamada Elena. Aleck y Elena se conocían desde niños y juntos habían descubierto ese lugar, y, a pesar de ser muy amigos, no pudieron evitar sentir algo muy profundo entre ellos. Elena a veces acompañaba a Aleck en sus misiones de espionaje; era la única mujer, pero tenía habilidades de pelea con todo tipo de armas que muy pocos podían igualar. Ella dejó de ir a las misiones con Aleck porque dirigía la guardia de la base; Aleck sentía que ella estaba más segura ahí que en esas peligrosas búsquedas de información.

Al llegar Aleck a ese lugar, en lo más alto de la montaña, había una roca gigante con muchas grietas, y al atravesar la grieta más grande se podía disfrutar de una vista espectacular. Era una especie de mirador con espacio justo para dos personas. Ahí estaba Elena esperándolo; pasaban horas sentados platicando y reflexionando, a veces solo mirando, pero ninguno se atrevía a dar el primer paso hacia algo más íntimo. Esa mañana, después de unas tres horas, Elena se fue corriendo, ya que se le había hecho tarde para supervisar el perímetro de la base. Aleck se quedó media hora más, y al atravesar la grieta de regreso se quedó paralizado: justo al otro lado lo esperaba un ploctucniano soldado impresionante, de poco más de tres metros de altura. Este lo miraba con una expresión fría. Los primeros pensamientos de Aleck fueron que este ploctucniano era Scroctac y que tal vez ya había atrapado a Elena. Aleck sacó su pistola lo más rápido posible, pero en un instante el ploctucniano ya estaba junto a él quitándosela; era increíble lo rápido que se movía. Aleck estaba dispuesto a morir peleando, así que sacó sus cuchillos y se lanzó contra el ploctucniano, pero este esquivaba sus ataques con mucha facilidad, probando el valor de Aleck. Después de unos minutos, estaba claro que Aleck no tenía miedo de morir, que es justo lo que quería comprobar el ploctucniano. Este lo desarmó en un segundo, rompiéndole el brazo. Lo tomó de la garganta, acercándolo a su rostro, y Aleck pudo ver cómo el ploctucniano de alguna forma sonreía; de la nada, desaparecieron.

De pronto, Aleck apareció en una burbuja transparente gritando de dolor, sin entender qué había sucedido. De estar peleando contra un ploctucniano, de repente apareció en una burbuja sin darse cuenta en qué momento cambió su entorno. Se tranquilizó y, a través de la burbuja, logró ver a su agresor junto con otros ploctucnianos, algunos más pequeños, de otra clase. Ahí estaba Lucrac observándolo, acercándose lo más posible a la burbuja con mucha curiosidad. Aleck la observó también, dándose cuenta de que la mirada de Lucrac no era tan fría como la de los ploctucnianos de tres metros que había visto antes. Después de examinar visualmente a Aleck por un rato, Lucrac dio una orden, y comenzaron a formarse unas figuras de luz muy intensa dentro de la burbuja. Luego, esas figuras de luz penetraron el cuerpo de Aleck, obligándolo a adoptar una posición recta con los brazos extendidos. El brazo roto de Aleck comenzó a curarse a una velocidad extraordinaria, así como todo rastro de virus o enfermedad que tuviera. En menos de un minuto, las figuras de luz desaparecieron, junto con la burbuja, dejando caer a Aleck, que quedó en cuclillas. De reojo, vio a su alrededor a varios ploctucnianos; no sabía qué pensar: por un lado, se sentía perfecto, sin dolor, sin sed ni hambre, y por otro lado, sentía mucho miedo de no saber dónde estaba, rodeado de tantos ploctucnianos.

Aleck decidió ponerse de pie, tratando de no mostrar miedo. De pronto, una voz femenina muy tranquila y en varios tonos salió de Lucrac, diciéndole a Aleck:

—No temas, no somos los mismos ploctucnianos que dominan tu planeta.

Aleck la observó y le preguntó por qué lo habían raptado, a lo que Lucrac respondió:

—No eres ningún prisionero, sino un invitado.

En ese momento, se acercó el gran ploctucniano que lo había raptado, y con una voz muy profunda e intimidante se presentó:

—Mi nombre es Tolrac, descendiente del gran general Forfic. Solo quería probar tu valor y estar seguro de que eres el indicado para lo que te vamos a proponer.

Aleck, sorprendido, le contestó:

—Soy Aleck.

Otro ploctucniano se acercó y le entregó su ropa, y Lucrac lo invitó a caminar. Al salir de la habitación en la que estaban, Aleck se dio cuenta de que estaban en una nave espacial; al caminar por los pasillos tubulares se podían ver las estrellas a su alrededor, como si caminaran en el espacio sin ningún piso ni paredes. Aleck comenzó a sentir emoción y su miedo comenzó a desaparecer. Lucrac le mostró casi toda la nave, hasta llegar a una habitación con una mesa y dos sillas. Ambos se sentaron, y de pronto el entorno cambió, haciendo parecer que estaban sentados en un bosque con un paisaje increíble. Aunque Aleck estaba fascinado con las estrellas, se sentía más cómodo con el entorno creado para él, que incluso simulaba el viento fresco de un bosque. Lucrac quería que Aleck estuviera lo más cómodo posible, y le ofreció una cerveza. Aleck no podía creer lo que veía; hacía mucho que no tomaba una cerveza como la que le ofrecía Lucrac. Aleck bebía su cerveza en un lugar que se sentía muy tranquilo y seguro, hasta que recordó a Elena; no sabía qué le había sucedido. Lucrac le dijo que Elena estaba bien, que nadie la había tocado.

Por fin, Lucrac decidió ir al grano y explicarle a Aleck por qué lo habían llevado a su nave. Le contó toda la historia de la humanidad: cómo era la Tierra antes de ellos, cómo habían sido creados por los ploctucnianos y con qué fin, las grandes rebeliones en las que humanos y ploctucnianos se unieron contra la tiranía de Bocloc, cómo se liberaron los humanos y cómo fueron reconquistados, etc. Aleck estaba sorprendido, pero muy en el fondo sabía que todo era cierto; sabía que Lucrac no era el enemigo y le pidió ayuda. Lucrac le explicó que existía un sistema galáctico al cual respondían, y que las especies que pertenecían a él eran aquellas que habían resurgido por sí mismas. Le dijo que ella creía que los humanos podían ser la siguiente especie en unirse a este sistema, y por lo tanto no podían interferir. Aleck, internamente, pensaba: ¿Entonces para qué me has traído? Lucrac, como si hubiera escuchado su pensamiento, le dijo:

—Ustedes están en desventaja al no saber la verdad, pero ahora ya la sabes, y tendrás que transmitirla a tus aliados. Por otro lado, te voy a hablar de la propuesta que te mencionó Tolrac.

Aleck estaba ansioso por escuchar la propuesta; no tenía idea de qué se trataba. Lucrac lo invitó a dar otro paseo por la nave, llevándolo a una especie de laboratorio donde había especies animales de otros planetas, máquinas muy sofisticadas, incluso para un ploctucniano común, muchos artefactos y muchas muestras de ADN, todo en un orden perfecto. Lucrac señaló una muestra en especial; Aleck la observaba sin saber qué era, hasta que finalmente Lucrac le explicó:

—Aleck, dentro de este cilindro hay unos microorganismos únicos en el universo, los cuales hemos logrado hacer compatibles con el ADN humano. Una vez que estos microorganismos se unen con el ADN de un humano, este cambiaría totalmente su estructura molecular, haciéndolo increíblemente más rápido, fuerte e inteligente. La verdad, no sabemos qué otras reacciones podrían haber una vez hecha la fusión; no podemos hacer pruebas, ya que esta cantidad es la justa para un humano y no hay forma de conseguir más. Por eso te hemos elegido a ti como candidato para el proceso, y entenderemos si rechazas esta gran oportunidad.

En ese momento, Aleck sintió una gran angustia; su corazón palpitaba cada vez más rápido. Él era un guerrero y le llamaba mucho la atención ser más rápido y fuerte, pero le preocupaba la parte de no saber qué otras reacciones habría después de la fusión. En ese instante, Tolrac entró al laboratorio y, con una mirada fija en Aleck, le dijo:

—En una batalla no tienes ninguna oportunidad contra un ploctucniano, y menos contra Scroctac. Con esta fusión, puedes enfrentarte a cualquiera.

Para Lucrac, era muy importante ayudar a Aleck y a su rebelión, pero ella era científica y, como tal, tenía mucha curiosidad de ver qué sucedía con esta fusión, ya que había trabajado mucho tiempo con esos microorganismos. Y quién mejor que Aleck, sabiendo que era un hombre moral y con un código de honor.

Aleck, con taquicardia y pensando en sus padres y Elena, decidió aceptar. En el fondo, sentía una gran emoción por lo que le estaba pasando, por en quién se convertiría.

—¡Acepto, hagámoslo! —gritó Aleck—. ¿Qué sigue? ¿Qué hago? —preguntó con gran impaciencia, sin saber si la fusión dolería y cuánto, queriendo terminar lo antes posible.

Lucrac no pudo evitar sonreír de gusto, y se acercó a Aleck, tranquilizándolo con una historia, de la cual Aleck solo escuchó las primeras diez palabras antes de quedar completamente inconsciente. Su cuerpo flotaba en el laboratorio, dirigiéndose automáticamente a una caja transparente. Al entrar a la caja, esta se amoldó perfectamente al cuerpo de Aleck y se unió a un aparato que copió la forma de la caja. Una vez que todo estaba en posición, miles de agujas salieron del aparato, penetrando todo el cuerpo de Aleck. Lucrac introdujo el cilindro con los microorganismos dentro del aparato, y este distribuyó todo el contenido en el cuerpo de Aleck.

Cuando todo el contenido del cilindro penetró en el cuerpo de Aleck, las agujas se retiraron un poco. Aunque Aleck aparentemente estaba inconsciente, de alguna forma sentía cómo su estructura molecular cambiaba desde el interior hacia el exterior de su cuerpo. A ratos, sentía un dolor indescriptible y desesperante, porque no podía gritar ni moverse. Todo el proceso duró aproximadamente media hora. Una vez terminado, las agujas se retiraron por completo, seguido de todos los aparatos que lo rodeaban, quedando el cuerpo de Aleck flotando inconsciente por un día entero. Durante ese tiempo, Aleck sentía que viajaba dentro de su cuerpo; podía ver cómo se transformaba y fortalecía. Podía ver cómo miles de microorganismos trabajaban en su cuerpo, luego pudo ver cómo, de alguna manera, estos microorganismos lo saludaban, como una especie de presentación, ya que Aleck y estos microorganismos vivirían unidos para siempre. Aleck entendió que no solo su cuerpo sería más fuerte y rápido, sino que, en caso de ser necesario, estos pequeñísimos seres repararían su cuerpo al instante. Fue un viaje extraordinario al interior de su cuerpo.

En la base, Malcom y Lynors, muy preocupados por Aleck, ya estaban organizando una búsqueda dirigida por Elena. Elena ya había buscado por toda la montaña cerca de su lugar secreto; estaba realmente asustada porque había encontrado rastros de pelea y unas huellas ploctucnianas. Elena estaba segura de que Aleck había sido raptado por los ploctucnianos. En realidad, no estaba tan equivocada.

Unidades de reconocimiento reportaban un grupo de soldados humanos dirigidos por un ploctucniano. Esto alarmó a Malcom; sabía que Scroctac estaba a punto de encontrar la ubicación de la base, ya que nunca había mandado a un ploctucniano a liderar una búsqueda. Pensaba que tal vez se habían llevado a Aleck y, de alguna forma, le habían sacado la ubicación de la base. Intentó detener la búsqueda de Elena para formar un perímetro bien armado, pero ya era muy tarde; Elena ya se había ido y se dirigía, sin saberlo, hacia sus enemigos.

En la nave de Lucrac, Aleck ya se había despertado, fascinado por su viaje interior, pero al despertar se impresionó aún más de cómo se sentía: podía escuchar, ver y sentir de una forma increíble. Se sentía muy ligero y extremadamente ágil, además de que todo lo que le explicaba Lucrac lo entendía perfectamente; podía explorar sus recuerdos más antiguos y ver claramente hasta la cosa más insignificante de ese recuerdo. Le podían explicar una complicada ecuación matemática y Aleck la entendería muy rápido. Su cerebro había evolucionado junto con su cuerpo. Aleck estuvo probando sus nuevas habilidades por horas, fascinado.

De pronto, Lucrac lo interrumpió para decirle que había llegado el fin de su estancia en esa nave, que debía regresar con los suyos que lo necesitaban, y sobre todo, que lo necesitaban justo ahora, ya que Elena dirigía una búsqueda y se dirigía a una masacre segura. La cara de Aleck cambió en un segundo, mostrando una mezcla de rabia y preocupación al mismo tiempo; sus ojos se tornaron rojos como el fuego, y su cuerpo irradiaba una gran energía.

Lucrac le explicó todo. Se despidieron, dando Aleck a Lucrac sus respetos. Tolrac, junto a Lucrac, veía a Aleck, preguntándose qué tan fuerte era; se preguntaba si sería capaz de plantar batalla a un ploctucniano soldado. Aleck se mete en una cápsula, volteando a ver a Tolrac y diciendo: «Suerte, Tolrac, pero no se te olvide, me debes la revancha». Tolrac sonrió y le aventó una espada. Instantes después, Aleck desapareció.

En un segundo, Aleck estaba en la nave de Lucrac, y al siguiente segundo, estaba en el bosque, justo en un punto medio entre Elena y sus enemigos. Aleck sabía en qué dirección estaba Elena y en qué dirección estaba el ploctucniano, solo por su gran olfato; podía oler a Elena a un kilómetro. Ese olor que antes solo captaba cuando la abrazaba. Aleck sabía que tenía que ir hacia Elena para avisarle, pero no podía evitar jugar con sus nuevas habilidades: subía y bajaba de los árboles a gran velocidad, podía ver perfectamente a kilómetros de distancia; si quisiera, podría derribar un árbol.

Por fin llegó con Elena, caminando tranquilamente, no quería espantar a Elena y sus hombres. Elena, sorprendida, ve a

Aleck, pero no se le acerca y le apunta con su arma; Elena no sabe si Aleck está bajo la influencia de Scroctac.

—¡Elena, debes regresar a la base ahora! —le advierte Aleck—. Vas directo a un grupo de soldados de Scroctac dirigidos por un ploctucniano.

Elena baja el arma mirándolo; veía algo diferente en Aleck. Él siempre había sido una persona atlética, pero ahora se veía con mucha más potencia en su cuerpo, se veía como se sentía.

—Elena, soy yo, Aleck. Sabes que nunca te haría daño, ni aunque tuviera el control mental de Scroctac. No tenemos tiempo para esto, están a punto de llegar.

Elena da la orden a sus hombres de bajar sus armas y se avienta a Aleck, abrazándolo con lágrimas en los ojos. Aleck también la abraza sonriendo, pero luego la agarra de la cara para presionarla a que regrese lo antes posible a la base y advierta a Malcom. Cuando Elena se da media vuelta para partir lo antes posible a la base, se queda paralizada: a lo lejos había un ser de tres metros observándolos. Aleck ya sabía que estaba ahí, pero no quería alarmar a Elena y sus hombres.

—¡Elena! —la sujeta fuertemente de los brazos—. ¡Ve con mi padre, es una orden!

La pobre mujer no entendía cuál era el plan de su querido amigo, pero accede y se aleja con sus hombres. Elena, ya a buena distancia, todavía lograba ver a Aleck. Mandó a sus hombres a advertir a Malcom; ella se quedó en un punto seguro, no quería dejar solo a Aleck, y la verdad todavía tenía dudas de si Aleck estaba siendo manipulado mentalmente, ya que no entendía por qué Aleck se quedaba quieto, esperando al ploctucniano.

Por fin, el ploctucniano se para a una distancia de diez metros de Aleck, con un grupo de cincuenta soldados a su cargo. El ploctucniano sabía que algo no estaba bien, ¿por qué no escaparía junto con los otros este humano?, pensaba.

Aleck, observándolo fijamente, le dice:

—¿Crees poder vencerme sin la ayuda de esos soldados de atrás?

El ploctucniano sacó de su rostro una sonrisa malévola; pensaba que este humano estaba bajo los efectos del alcohol. Se acerca más al insolente humano, y saca de su espalda una espada. Acto seguido, Aleck hace lo mismo con la espada que Tolrac le había regalado. Al ver el ploctucniano la espada, se sorprendió, ya que reconoció el material de aquella espada que cargaba el humano.

—A este humano lo tengo que agarrar vivo, algo sabe—seguía pensando.

Aleck estaba ansioso por pelear con aquel ploctucniano, pero no quería confiarse; ya había sido testigo de la fuerza de Tolrac, aunque este ploctucniano no era tan imponente como Tolrac.

El ploctucniano da el primer golpe con su espada, el cual Aleck logra esquivar gracias a un bloqueo con su espada. El ploctucniano seguía atacando y Aleck al principio apenas podía esquivar los golpes; estaba nervioso, pero en unos cuantos segundos Aleck se dio cuenta de que cada vez le era más fácil esquivar los golpes, a tal grado que ni siquiera tenía que usar su espada para bloquear. El ploctucniano estaba sorprendido y desesperado; ya estaba peleando con todas sus fuerzas y Aleck parecía que solo estaba jugando con él. De pronto, el rostro de Aleck se torna con una mirada muy penetrante, hasta cierto punto malévola, y comienza a atacar al ploctucniano. Este, desesperado, lanza un último ataque, el cual Aleck esquiva con un golpe instantáneo al brazo del ploctucniano, separándolo de su cuerpo. El ploctucniano, gritando de dolor, ve a Aleck y se cubre con su otro brazo, el cual también fue separado de su cuerpo. Aleck, fuera de sí, lanza más ataques, descuartizando al ploctucniano, hasta que le secciona el cuello a la mitad y este cae muerto.

Acto seguido, Aleck se voltea contra los soldados, dispuesto a asesinarlos a todos. Estos comienzan a disparar contra Aleck; corriendo a gran velocidad se mete entre los soldados, degollando a seis de ellos en un instante. En ese momento, los soldados restantes se agrupan y se quedan quietos, apuntando a Aleck, que los observaba fijamente, preparándose para lanzar otro ataque, cuando se da cuenta de que había sido alcanzado por algunas balas sin causarle gran daño, aparte de que comenzaba a sanar muy rápido. Aleck veía con una sonrisa cómo sanaba a gran velocidad, y justo antes de lanzarse contra los soldados escuchó la voz de Elena que le pedía que se detuviera:

—¡Son humanos los que estás matando, recuerda que están siendo controlados mentalmente por Scroctac!

En ese momento, Aleck reaccionó; se dio cuenta de qué tan poderoso era, y entendió que tenía que aprender a controlarse, ya que cuando se disponía a atacar automáticamente se transformaba en una máquina de guerra dispuesta a arrasar con todo. Tendría que aprender a controlarse o podría lastimar a los suyos.

Los soldados no estaban dispuestos a soltar sus armas. Aleck estaba pensando cómo desarmarlos sin lastimarlos, cuando a lo lejos escuchó que Malcom se dirigía hacia ellos con un grupo de rebeldes. Aleck decidió atacar a los soldados antes de que llegara su padre y se complicaran más las cosas. En un segundo, Aleck ya estaba entre los soldados desarmándolos; unos lograron disparar, pero sin éxito alguno. En un minuto, ya estaban los soldados desarmados, unos muy malheridos y otros dos murieron por el ataque de Aleck. Elena le gritaba que se detuviera, pero al final del ataque, Aleck le explica que Malcom estaba por llegar, y si no hubiera desarmado a los soldados de Scroctac las bajas hubieran sido muy superiores en ambos lados. Ya habría tiempo para curar a los heridos una vez recuperado su control mental. Elena lo entendió perfectamente.

Al llegar Malcom con un grupo de rebeldes y ver a Aleck con Elena de pie y todos los demás soldados en el suelo, sintió un gran alivio. Los hombres de Elena le habían contado a Malcom lo sucedido y este no dudó en ir al rescate de Aleck.

—¡Aleck! —le gritaba—, ¿qué ha sucedido?

Aleck le da un fuerte abrazo a su padre y le pide regresar a la base para contarle todo. Malcom accede.

En la base, Lynors, la madre de Aleck, estaba muy preocupada y lista para recibir un ataque, hasta que por fin escucha la señal de que Malcom se aproximaba. Al ver que no había peligro, Lynors abre la puerta de acceso a la base y, al ver que Aleck también entraba, no pudo evitar soltar un llanto de alegría y alivio, y corre a abrazar a su hijo. Aleck también tenía lágrimas en los ojos al ver a su madre.

La furia de Scroctac

Aleck les contó todo lo sucedido a Elena y a sus padres, desde que Tolrac lo secuestró hasta que Lucrac lo puso nuevamente en la Tierra. Después de escuchar toda la historia, Malcom tenía sentimientos encontrados. Por un lado, por fin sabía que en alguna parte hay un sistema galáctico muy poderoso que no está de acuerdo con Scroctac, pero, por otro lado, este sistema galáctico no va a intervenir en estos asuntos; estaba claro que los humanos tendrían que arreglárselas solos.

Lynors, tratando de consolar a Malcom, le explicó que por el momento ellos tenían la ventaja de saber la verdad; ya sabían exactamente a qué se enfrentaban. Todos estaban muy nerviosos, excepto Aleck, quien sentía una gran emoción y ansias de enfrentarse cara a cara con Scroctac.

Scroctac, que se encontraba en Europa en otros asuntos, estaba confiado de que la rebelión ya había sido destruida por uno de sus soldados ploctucnianos de más confianza. Según él, no habría forma de que una rebelión humana venciera a un grupo de soldados entrenados y dirigidos por un ploctucniano. Los mismos ploctucnianos le temían mucho a Scroctac, y uno de los ploctucnianos asignados a administrar América ya sabía de la desaparición de aquel grupo militar. Este ploctucniano se llamaba Bracto, y no quería informarle a Scroctac de su fracaso. Bracto decidió mandar un ataque más agresivo, compuesto por dos grupos de ochenta hombres cada uno, y cada grupo a su vez dirigido por un ploctucniano soldado. El plan era mandar el ataque justo donde desapareció el grupo de ataque anterior, pero esta vez un grupo sería el anzuelo para recibir el ataque de la rebelión, para así ubicar al enemigo e instantáneamente atacar con el otro grupo por otro flanco, de modo que los rebeldes quedarían acorralados sin oportunidad de victoria, y Bracto podría dar la noticia de victoria en la misión a Scroctac.

Aleck, por otro lado, estaba seguro de un segundo ataque más agresivo. Se propuso organizar a toda su gente, preparar pequeños grupos en puntos estratégicos para dar aviso de la llegada del enemigo. Otros grupos más grandes formaban un medio círculo con un diámetro de un kilómetro alrededor del punto del primer ataque, dirigidos por Elena y él mismo. Malcom y Lynors se quedaron en la base listos para recibir un ataque en caso de que Aleck fracasara, para proteger a mujeres y niños. Ya solo quedaba esperar.

Dos días después de estar todo preparado, un grupo de avistamiento de tres personas, ubicadas muy estratégicamente, logró ver movimiento y, después de un rato, se dieron cuenta de que ochenta soldados al mando de un ploctucniano se acercaban a la base, dirigiéndose al centro del medio círculo que formó Aleck. En seguida dieron aviso, y Aleck esperó el momento justo para atacar, pero algo no le cuadraba; sentía que ese número de soldados era muy reducido para un segundo ataque. Dio la orden de silencio total y decidió esperar hasta el último momento antes de ser descubiertos. Todos los soldados estaban muy impacientes y nerviosos, no entendían por qué esperaban, pero Aleck los tranquilizó. Aleck dejó a cargo a Elena para ir a supervisar los alrededores, con órdenes de no hacer nada hasta su regreso. Calculó el tiempo que tenía para ir y regresar antes de ser descubiertos, y partió. Llevaban cuatro horas esperando desde que Aleck se fue; la misma Elena se retorcía de nervios, tenía avisos cada media hora de los grupos de avistamiento que cada vez se acercaban más los soldados con un ploctucniano al mando.

Elena ya estaba a punto de tomar una decisión cuando de pronto apareció Aleck; nadie lo vio venir. Elena sintió un gran descanso en su interior al verlo. Aleck se veía preocupado; le comentó a Elena lo que vio.

—Elena, el grupo que viene hacia nosotros es un anzuelo; en el momento en que ataquemos a esos soldados revelaremos nuestra ubicación al verdadero grupo de ataque, que está esperando dos kilómetros atrás con gran armamento y vehículos, con los que llegarán en minutos a rematarnos.

Elena, aún más preocupada, se preguntaba qué debían hacer. Aleck se quedó pensativo por un rato viendo al suelo, ideando un plan, hasta que después de pensar en varias estrategias, escogió la que le parecía más efectiva, pero al mismo tiempo peligrosa. Esta estrategia necesitaba de un grupo de guerreros dispuestos a sacrificarse, lo cual le dolía mucho a Aleck, pero era la forma de sobrevivir al ataque ploctucniano.

Aleck juntó a Elena, Carlos (el general que antes había capturado y liberado del control mental) y otro grupo de guerreros de más confianza y experiencia, para explicarles la estrategia a seguir.

—Señores, el plan del enemigo es claro: el grupo que viene hacia nosotros es un anzuelo para descubrir nuestra ubicación y atacarnos con el verdadero grupo de ataque que se encuentra dos kilómetros atrás. Propongo usar la misma estrategia para contraatacarlos. ¿Qué opinas, Carlos?

Carlos, que era un buen estratega, analizó rápidamente todas las opciones y coincidió con Aleck, hasta que reaccionó y preguntó:

—¿Quién va a ser el anzuelo?

Aleck le contestó:

—Necesito un grupo de veinte guerreros para dirigirlos en un ataque al grupo que viene hacia nosotros. Al mismo tiempo, Elena se irá al flanco derecho con cien hombres, y Carlos se irá al flanco izquierdo con otros cien hombres. Los setenta hombres restantes se quedarán aquí, impidiendo el paso de cualquier enemigo que lograra pasar. Elena, tú y Carlos no harán nada hasta que el segundo grupo de ataque del enemigo aparezca. No importa cómo nos vaya, no hagan nada hasta esperar el segundo ataque.

Veinte hombres se ofrecieron voluntariamente para hacer el primer ataque. Algunos eran experimentados y otros no; algunos realmente tenían miedo, pero pensaban en sus familias y no querían verlas masacradas por los ploctucnianos. Aleck los alentó y los dividió en dos grupos de diez hombres para atacar al anzuelo ploctucniano por dos flancos. Puso a un hombre experimentado al mando de cada grupo, y se acercaron lo más rápido posible. Una vez que llegaron a un punto estratégico, dos hombres de cada grupo se subieron a dos árboles, haciendo la función de francotiradores; los ocho hombres restantes de cada grupo se posicionaron estratégicamente esperando la llegada de su enemigo. Había aproximadamente 100 m de distancia entre los dos grupos. Aleck estaba justo en medio de los dos grupos, con gran armamento, esperando el momento adecuado para atacar; las órdenes de los dos grupos de ataque eran esperar hasta que Aleck atacara primero.

Aleck no podía evitar cierta satisfacción de enfrentarse nuevamente a un ploctucniano, y le causaba aún más placer el saber que venían dos. Sabía que tenía que eliminar rápidamente al ploctucniano que dirigía el primer grupo de ataque; ese grupo, sin un líder, sería más fácil de derrotar.

Por fin Aleck logró ver al enemigo acercarse, y hasta que el grupo ploctucniano se acercó a unos cincuenta metros, Aleck comenzó el ataque. El grupo ploctucniano recibió un ataque de frente, luego del flanco izquierdo, luego de frente otra vez y luego del flanco derecho. Los soldados de Scroctac se cubrían y contraatacaban, pero el líder ploctucniano todavía no pedía apoyo; sabía que ese ataque era muy pequeño. Aleck seguía atacando, él solo desde tres flancos; se movía tan rápido que parecía que había varios hombres atacando. Después de unos minutos, Aleck se da cuenta de que no habían pedido apoyo aún, y un poco desilusionado, da la orden a los dos grupos de atacar. Ahora sí, parecía un ataque con mucha fuerza; a los soldados de Scroctac les llovían balas de todos lados, hasta que por fin el ploctucniano pidió apoyo, diciendo que habían descubierto la posición del enemigo. Una vez que Aleck estaba seguro de que habían pedido apoyo, a gran velocidad se metió entre los soldados enemigos, y con su espada, extremidades salían volando por donde Aleck pasara; sabía que eran humanos, pero no iba a arriesgar a toda su gente. Aleck logró pasar detrás de los soldados de Scroctac, y comenzó a disparar; el enemigo ahora se dividía, contraatacando también por detrás de ellos.

El líder ploctucniano decidió hacer lo mismo que hizo Aleck y se dirigió a gran velocidad a rodear el ataque. Aleck lo vio y de inmediato interpretó la estrategia del ploctucniano.

El grupo de ataque de Aleck, el que estaba en el flanco derecho, estaba en una posición muy favorable, hasta que uno de ellos sintió un escalofrío; volteó hacia atrás y lo último que vio fue la cara de un ploctucniano. Los demás, sin darse cuenta de la presencia de su enemigo entre ellos, fueron eliminados casi sin percatarse. Después de asesinar a ese grupo entero, el ploctucniano se dispuso a hacer lo mismo con el otro grupo, y al dar la vuelta se topó con Aleck. Este, al ver a sus amigos degollados, no pudo controlarse y se lanzó contra el ploctucniano; este apenas podía bloquear los ataques con la espada de Aleck, hasta que se detuvo un momento. El ploctucniano estaba muy alterado; ya se había dado cuenta de que Aleck no era un humano cualquiera. Intentó huir de Aleck, pero este lo alcanzó rápidamente, y no le quedó más que defenderse con todo lo que tenía. Intentó dispararle a Aleck con una gran arma de fuego que tenía, pero Aleck la partió en dos y, al mismo tiempo, le seccionó la mitad de la cara al ploctucniano. El ploctucniano, con la mitad de la cara partida, seguía consciente; sabía que su fin había llegado. Se inclinó, y Aleck, de un golpe, le cortó la cabeza.

En un terreno más alto, espías de Elena y Carlos lograron ver que el grupo de apoyo ploctucniano se dirigía a gran velocidad hacia Aleck; calculaban aproximadamente cinco minutos para la llegada del enemigo. Elena y Carlos, ya en su posición cada uno, le dieron la noticia a Aleck; este se dirigió al grupo que seguía atacando para darles la orden de retirarse y unirse al grupo de Carlos. Estos obedecieron y se retiraron, mientras Aleck se subió a un gran árbol, con grandes copas, para seguir atacando e impedir que persiguieran a sus hombres mientras se integraban con Carlos.

Por fin llegó el grupo de apoyo ploctucniano, y se detuvieron con lo que quedaba de su anzuelo. El otro ploctucniano, que había perdido contacto con su camarada, reagrupó a sus hombres y pidió un informe. Le dijeron que los rebeldes se estaban retirando, pero que no sabían nada de su líder. Mientras tanto, Aleck, desde el árbol, lo veía todo; rezaba para que siguieran hacia la trampa. Este otro ploctucniano, que era más astuto, decidió dividir su ataque en tres grupos. Un pequeño grupo de treinta hombres, que era el resto del anzuelo, lo mandó a perseguir a los rebeldes, y dos grupos de cuarenta hombres se colocaron detrás del primer grupo, formando un triángulo, para así poder acorralar a los rebeldes una vez que estos atacaran al primer grupo.

Aleck logró interpretar la estrategia del enemigo, pero decidió no mover la agrupación de Elena y Carlos. El ploctucniano se quedó detrás del triángulo de ataque, para poder actuar según cómo se desarrollaran los eventos. Aleck le explicó a Carlos y a Elena cómo iban a recibir el ataque, y estos decidieron mandar un grupo de diez hombres a atacar al primer grupo, para que el triángulo entero atacara a esos diez hombres, y poder atacar al enemigo entero por dos flancos. Mientras tanto, Aleck se disponía a atacar al ploctucniano para eliminar al líder enemigo.

Aleck bajó del árbol, y a unos veinte metros del ploctucniano, este lo vio y lo observó fijamente, sorprendido porque no lo había escuchado acercarse, y no lograba ver miedo en sus ojos; era un hombre diferente, irradiaba energía de su cuerpo, y lo más estresante para el ploctucniano, este hombre tenía una espada ploctucniana que nunca había visto.

Este ploctucniano era más intimidante que su compañero y un mejor guerrero. Se acercó a Aleck y sacó dos espadas de su espalda, dispuesto a atacar. Quería eliminarlo lo antes posible para dirigir el ataque y eliminar a la rebelión. Aleck, con una sonrisa malévola, provocó al ploctucniano para obligarlo a lanzar el primer ataque, y este, a la más mínima provocación, se lanzó contra Aleck. Al principio, Aleck estaba muy confiado, pero al instante se dio cuenta de que este ploctucniano en verdad sabía usar sus espadas; a Aleck le costaba mucho bloquear todos los ataques de esas dos espadas, que atacaban al mismo tiempo por dos lados diferentes. Pero el ploctucniano tampoco entendía cómo era posible que un humano fuera capaz de sobrevivir a sus ataques cuando difícilmente un ploctucniano lo hacía. Después de varios ataques, el ploctucniano se detuvo y, observando a Aleck, le dijo:

—Tú no eres humano, eres un maldito extraterrestre que ha venido a ayudarles.

Aleck le contestó:

—Soy tan humano como cualquier otro; desde que nací he sufrido las estupideces de los malditos ploctucnianos. Mi única diferencia es que no puedes matarme, porque yo te voy a matar antes.

Aleck, dentro de todos sus dones, tenía una capacidad de aprendizaje increíble; no importaba cuán fuerte fuera su enemigo, si él sobrevivía a los primeros ataques, aprendería muy rápido a bloquearlos y a contraatacar instantáneamente.

El ploctucniano, enfurecido, atacó con todas sus fuerzas, y Aleck bloqueaba los ataques cada vez con más facilidad, a tal grado que ya lograba anticipar los movimientos del ploctucniano, y vio un hueco para brincar entre las piernas de su enemigo. Justo al pasar entre ellas, con un movimiento cruzado, le partió la mitad del cuerpo al ploctucniano. En un instante, Aleck estaba parado detrás de su enemigo, y este intentaba mantener pegada la mitad de su cuerpo apretando su tórax con ambas manos, sufriendo mucho. Aleck lo observó un momento; no era su intención hacerlo sufrir, y le cortó la cabeza de un golpe. De cierta forma, le mostraba cierto respeto a ese ploctucniano; Aleck había aprendido mucho de esa pelea.

Mientras tanto, los diez hombres que enviaron Carlos y Elena habían logrado reunir al enemigo entero, y los soldados manejados por los ploctucnianos caían como moscas, hasta que estos se rindieron. Solo unos treinta soldados enemigos sobrevivieron, los cuales en una semana serían liberados del control mental y se convertirían en nuevos reclutas de la rebelión.

Una vez terminada la batalla, Aleck dio la orden de reagruparse en la base, mientras él se fue a hacer un gran recorrido para asegurarse de que no quedaban más enemigos en los alrededores. Por fin, Aleck regresó y, ya en la base, se encontraban Malcom, Lynors, Elena, Carlos y otros cuantos miembros de la rebelión en una junta; unos festejaban y otros discutían. Malcom, serio, solo observaba, pensando en qué sucedería. Aleck entró en la habitación donde se encontraban sus padres, Elena y los oficiales, los observó y les dijo:

—Tenemos que abandonar esta base, ya no es segura.

Unos le gritaron:

—¡¿Qué dices?! ¿A dónde quieres que nos vayamos? Aquí es más seguro.

Aleck, enfurecido, les gritó:

—¡Imbéciles! ¿Creen que los ploctucnianos se van a quedar tranquilos con esta derrota? Hoy solo nos enfrentamos a dos ploctucnianos con unos cuantos soldados y muy poco armamento. Ahora ya saben nuestra posición y seguro nos bombardean o algo peor.

—¿Qué sugieres? —preguntó Carlos.

—La lógica es que, al darse cuenta de que abandonamos la base, nos buscarán al sur, seguro es a donde nos buscarán. Por lo tanto, sugiero rodear el camino de la ciudad hacia la base, para no toparnos con enemigos, y acercarnos lo más posible a la ciudad. Créanme que nunca se les ocurrirá buscarnos ahí.

Mientras más cerca estemos del enemigo, más posibilidades tenemos —contestó Aleck.

Todos quedaron paralizados con la estrategia, pero tenía sentido.

—No se diga más, manos a la obra —dijo Malcom.

Bracto, al no recibir noticias de su ataque, se sentía muy angustiado; Scroctac ya estaba por llegar a la capital sin saber nada de sus derrotas. A Bracto no le quedó más que notificarle a Scroctac todo lo sucedido. Scroctac, al oír la noticia, no mostró ninguna expresión; se le quedó viendo a Bracto por un minuto. Bracto, cada segundo que pasaba bajo la mirada de Scroctac, temía más por su vida. Después del minuto, Scroctac le dijo a Bracto, muy tranquilamente:

—¿Quién te crees para ocultarme este tipo de cosas, y además tomar la decisión de mandar al matadero a dos de mis mejores elementos?

Bracto tartamudeaba y, cuando iba a darle una respuesta a Scroctac, este le cortó un brazo con un movimiento increíblemente rápido. Bracto, sin poder gritar de dolor o quejarse, le pedía disculpas a Scroctac. Scroctac le dijo:

—No te mato porque no me puedo dar el lujo de perder más ploctucnianos. Recoge tu brazo y cuélgalo en tu habitación, para que recuerdes que no puedes fallarme una vez más. Te veo en dos horas para planear nuestra venganza y terminar con esto de una vez por todas.

Bracto recogió su brazo y se fue corriendo a cauterizar su herida.

Scroctac, por dentro, ardía de coraje, y al darse vuelta y salir de la sala donde se encontraba, de paso mató a tres humanos que trabajaban ahí.

La búsqueda

Dos horas después, Bracto estaba con Scroctac y otros ploctucnianos discutiendo sus planes. Scroctac, desesperado, les dijo:

—¡¿Por qué carajos no usan los satélites para encontrarlos?! ¡Usen la maldita tecnología!

Bracto le explicó que lo habían hecho desde el principio, pero que no aparecía nada. Scroctac pidió verlo con sus propios ojos y, en efecto, no aparecía nada: ni rastros de la batalla, ni base ni rebeldes. Scroctac ordenó que se mandaran drones espías a toda la zona, pero tampoco apareció nada. Scroctac se dio cuenta de que algo estaba interfiriendo con los satélites; de alguna forma, los rebeldes habían encontrado la manera de bloquearlos.

La verdad era que Lucrac, haciendo un poco de trampa, los había bloqueado y seguiría haciéndolo para impedir que encontraran a la rebelión por medio de los satélites o drones espías.

Scroctac tenía varios problemas de rebeliones en todo el mundo, y todas las había logrado aplacar, pero esta rebelión, la de Malcom, lo inquietaba mucho. Hacía mucho tiempo que los humanos no lograban matar a un ploctucniano, y ahora ya eran tres los ploctucnianos eliminados en muy poco tiempo.

Scroctac decidió organizar una búsqueda dirigida por él mismo; no quería más errores. Le intrigaba mucho saber qué estaba sucediendo en lo que alguna vez fue el sur de México.

Al día siguiente, a las 5 am, ya estaban partiendo de la base de Scroctac, que se encontraba en el centro de lo que antes era Estados Unidos. Veinticinco helicópteros gigantescos, cargados con vehículos muy ágiles y bien armados. En cada helicóptero iban cincuenta soldados humanos y diez vehículos, más todo el armamento y equipo necesario. A la distancia de la formación aérea de los helicópteros, iban dos artefactos voladores mucho más pequeños y ágiles, que alcanzaban gran velocidad en muy poco tiempo, y podían hacer cambios de dirección como insectos voladores. En cada uno de esos artefactos había dos ploctucnianos, incluyendo a Scroctac.

Mientras Scroctac se organizaba y formaba su equipo para buscar a la rebelión, Aleck ya había desplazado a la rebelión al norte, y se encontraba muy cerca de lo que fue la Ciudad de México. Se dieron cuenta de que la ciudad estaba completamente abandonada; no había rastros de vida humana. Scroctac, para mantener un control total, solo conservó las ciudades más importantes a su criterio.

Aleck no sabía dónde instalar su base y, en su interior, temía haber tomado la decisión incorrecta de viajar al norte. Decidió explorar solo los alrededores, viajando más al norte, hasta que llegó a lo que quedaba de la Ciudad de México. Aleck estaba impactado; por más que se adentraba en la ciudad, no dejaba de haber edificios abandonados.

—¡Esta ciudad es perfecta para formar una gran base! —pensaba Aleck—, pero antes de traer a toda mi gente, debo estar seguro —se decía a sí mismo.

Decidió hacer una inspección más completa del lugar y lo que descubrió lo puso en alerta: la ciudad ya estaba tomada por otra rebelión de humanos. Estos trataron de capturar a Aleck, pensando que era un espía. Aleck se dio cuenta de que estos estaban pésimamente organizados; a los que trataron de capturarlo, Aleck los sometió rápidamente sin lastimarlos demasiado y los obligó a llevarlo con su líder.

Los líderes de esa rebelión se encontraban en un gran edificio de la ciudad, con gran visibilidad para estar alerta de intrusos. El líder de esa rebelión se llamaba Óscar; él había nacido en esa ciudad y la conocía muy bien. Le notificaron que traían un prisionero importante, y los hizo pasar al último piso del edificio, junto con sus hombres de más confianza, para interrogar a Aleck. Cuando Aleck llegó al piso donde lo esperaba Óscar, este se dio cuenta de que algo no estaba bien; aparentemente Aleck era prisionero, pero sus captores se veían muy golpeados y tenían mucho miedo.

Aleck dio un paso adelante y se presentó:

—Señores, mi nombre es Aleck, líder de la rebelión que más posibilidades tiene de derrotar a Scroctac.

Pero Óscar lo interrumpió diciendo en voz muy alta:

—¡Las preguntas las hago yo, tú hablarás cuando yo te lo ordene, y me responderás mis preguntas! Si siento que dices mentiras, te arrojo de este piso.

Aleck sonrió y se quedó pensativo por unos segundos, luego dijo:

—Te voy a poner las cosas claras, mi querido Óscar —Aleck ya sabía el nombre de Óscar, a uno de sus «captores» se le había escapado—, y al terminar de decir esas palabras, en un instante, todos los hombres de Óscar estaban sometidos. Aleck tomó a Óscar por una pierna y rompió una ventana, sacando a Óscar al vacío, sujetándolo con un brazo. Óscar, más que espantado, sentía curiosidad; solo pensaba: «¿Y este cabrón quién es?» Impactado de cómo había sometido a todos en instantes.

Aleck levantó a Óscar, acercándolo a su rostro, y le dijo:

—Ahora que estamos claros, me gustaría platicar más tranquilamente.

—Soy todo oídos —contestó Óscar.

Aleck metió a Óscar y lo soltó; este se levantó y se sacudió, y volteó a ver a sus hombres tirados y les dijo:

—¡Arriba, huevones! Tráiganle algo de tomar a nuestro invitado.

Le ofrecieron a Aleck un pésimo tequila, hecho por ellos, y se sentaron a platicar. Aleck le contó todo lo sucedido a Óscar, a excepción de su acuerdo con Lucrac, pero sí le explicó el origen de los ploctucnianos y los humanos. Óscar solo abría los ojos de asombro; muchas cosas ni las entendía. Aleck le dijo que al día siguiente llegaría con su rebelión para instalarse y formar juntos una base bien puesta, pero uno de los hombres con más votos en el grupo de Óscar se opuso:

—No vamos a aceptar a nadie más aquí.

Aleck se levantó y le dijo:

—No te estoy preguntando.

Aleck ya estaba por enfurecerse cuando Óscar interrumpió:

—¡Cállate! —le dijo a su hombre—. ¿Cuánto tiempo crees que pasará antes de que nos encuentren y nos lleven como animales o algo peor? Señor Aleck, si has hecho lo que dices, que no lo dudo por lo que acabo de ver, mis hombres y yo estamos a tus órdenes. Serán todos bienvenidos y espero que juntos podamos darles en la madre a estos ploctucnianos.

Aleck sonrió, levantó su vaso y se terminó su tequila.

—Así será, don Óscar, así será.

Óscar era un hombre no muy educado, fuerte y feo, de carácter muy fuerte. Pero era leal a sus ideales y un hombre de palabra, muy respetado por su gente. Óscar sentía una gran responsabilidad por su gente, de tal forma que a veces no podía respirar de la angustia; sabía que tarde o temprano iban a caer. Odiaba a Scroctac, ya que perdió a su familia de forma trágica. Con la llegada de Aleck, Óscar sintió que le quitaban un peso de encima; sintió esperanza.

Por fin, Aleck regresó con su padre, le explicó la situación y se prepararon para partir al punto de encuentro con Óscar. Malcom no estaba seguro de confiar en Óscar y sus hombres, pero no tenía otra opción.

Al llegar al punto de encuentro, se juntaron Óscar con dos de sus hombres de más confianza, y Aleck con sus padres, Carlos y Elena. Óscar se quedó viendo fijamente a Aleck y a Malcom, hasta poner nervioso a Malcom, quien pensaba: «Este trae algo entre manos». De pronto, Óscar soltó una carcajada y acto seguido dijo:

—¡No me chingues, ustedes son padre e hijo! Con que el papá no se nos ponga loco también porque nos lleva la chingada.

Todo el mundo permaneció callado y a Óscar se le quitó la cara de burla, diciendo:

—Qué mal sentido del humor, me cae.

Aleck lo miraba fijamente, muy serio, pero de pronto no pudo aguantar la risa. Se acercó a Óscar y lo saludó:

—Pinche adivino, te presento a mis padres, y estos dos son Carlos y Elena.

El ambiente se relajó y Óscar les dio la bienvenida:

—Pásenle, señores, hay edificios para todos. Instálense y luego les muestro el lugar; vamos a hacer de esta ciudad una fortaleza.

La bienvenida

Al entrar todo el grupo de Malcom y Aleck en la ciudad, estos estaban sorprendidos. Aparentemente, la ciudad estaba vacía, pero de aquellos escombros de edificios derrumbados y de los edificios que aún estaban de pie, salía mucha gente, gente que siempre estaba preparada y, de algún modo, era invisible en su entorno. La mayoría de esta gente tenía armas que, para el año en que estaban, ya eran anticuadas (machetes, pistolas tipo revólver, escopetas, hachas, y algunos niños con bates de béisbol). Pero esta era la gente común en las calles de esa ciudad. Además, Aleck notó que, a pesar de haber muchos vehículos regados por todas partes, estos daban la apariencia de estar abandonados, pero a lo largo de todas las calles siempre había paso para que algún vehículo funcional pudiera pasar. Y al adentrarse más en esa gran ciudad, la gente ya no estaba armada solo con machetes; la mayoría ya contaba con armamento digno de un ejército actual. Aleck se dio cuenta de que la gente de Óscar no estaba tan mal organizada como él creía, y una muestra de eso es que no había notado ese poderío que ahora estaba viendo la primera vez que fue a presentarse con Óscar.

Malcom y Lynors, de igual manera, estaban impresionados. «¿Cómo es que semejante sociedad podía pasar desapercibida?», se preguntaba Malcom. Lynors, al ver la cara de Malcom, podía adivinar sus pensamientos y no podía evitar soltar risas. Malcom, al verla, sabía exactamente de qué se reía su mujer.

Óscar les dio la bienvenida a todo el grupo visitante, les asignó un lugar para el ganado, pero no les dio un lugar específico a las personas. La idea de Óscar era que los visitantes comenzaran a instalarse de tal forma que se entremezclaran con su gente (una muy buena idea para evitar futuras disputas).

Óscar dejó pasar unas horas para que Aleck se instalara, y después los invitó a un «banquete», a él y a su gente de más confianza.

Se reunió Aleck con los suyos en una calle, cerca de lo que antes fue el centro histórico de esa ciudad. De un edificio, salió Óscar y los guio al interior del edificio, que aparentemente estaba abandonado, pero al quitar un pedazo de madera, aparecieron unas escaleras totalmente libres, y al bajar, había cinco niveles subterráneos, creados en su momento para ser estacionamientos de autos. Estos estacionamientos eran muy comunes en casi todos los edificios de esa ciudad, los cuales se usaron casi todos para que la gente viviera y durmiera en ellos, siempre con accesos escondidos por aparente escombro, lo que les daba seguridad.

En el tercer nivel de estacionamiento, ya estaban puestas unas mesas, muy viejas y maltratadas, con platos de todo tipo, y ya estaba servida la comida, con vasos, copas, tarros o lo que fuera, para servir más de ese pésimo tequila. Lynors y Elena se preguntaban: «¿De dónde sacarán la comida?». Lo mejor era no preguntar.

Después de comer aquello de dudosa procedencia y tomar algunos tequilas, que por cierto, ya no sabían tan mal, Aleck y Óscar se fueron conociendo más. Elena, ya con algunas copas, hacía unas demostraciones de su manejo de cuchillos y tácticas de pelea, con los ilusos voluntarios que no entendían cómo una mujer tan fina en sus facciones los sometía tan fácilmente. Se volvió un juego en el que todos querían participar.

Tras unas cinco horas, ya todo el mundo estaba muy borracho; todos dormían en la mesa, el piso, donde fuera. Malcom y Lynors fueron los únicos que decidieron buscar un lugar más cómodo para dormir. Pero Aleck y Óscar seguían enteros, sentados, continuaban con su plática. Óscar, aparte de que su cuerpo tenía una gran capacidad para aguantar alcohol, decidió no tomar tanto; no quería perder la compostura con sus invitados (y estar alerta ante cualquier imprevisto). Por otro lado, Aleck, por más que tomaba, no lograba emborracharse; aquellos microorganismos unificados en su cuerpo no lo permitían, de igual manera que se curaba tan rápidamente, el alcohol era eliminado de su cuerpo.

Eso les dio a Óscar y Aleck la oportunidad de conocerse mejor. Aleck le contó a Óscar la parte que le había omitido antes (la parte de cómo Lucrac y Tolrac lo habían convertido en lo que ahora era), lo que le dio algo más de esperanza a Óscar, el saber que había extraterrestres en contra de la tiranía de Scroctac. De igual manera, le contó a Aleck cómo se hizo líder de su grupo.

Óscar había nacido en esa ciudad hace 56 años, cuando todavía funcionaba. Era mecánico, y en tiempos libres tenía un servicio de transporte; daba igual si tenía que transportar carga o gente. Por tal motivo, conocía cada rincón de la ciudad, y al ser desplazados, sus hermanos, sobrinos y su madre fueron asesinados brutalmente en su casa. Óscar no pudo hacer nada, no estaba con ellos cuando eso sucedió. Lleno de dolor y furia, se convirtió en rebelde, con un gran poder de convencimiento comenzó a tener muchos seguidores, y al llegar a un punto sin escapatoria, decidió regresar a su ciudad con los pocos hombres que le quedaban. Nunca tuvo hijos, aunque sí muchas mujeres.

En la ciudad logró esconderse y comenzó a crear una base allí, y poco a poco fueron llegando refugiados. A todos les daba alguna función, sin importar si era niño, adulto o anciano. Así, Óscar se convirtió en el líder de una ciudad que, a los ojos del mundo, eran solo ruinas. Ya no peleaba contra aquellos opresores, simplemente se mantenía oculto, esperando el momento adecuado para dar el golpe definitivo, y con Aleck, estaba seguro de que ese momento había llegado.

El desafío

Scroctac ya estaba en la zona donde sus colegas ploctucnianos habían perdido la vida en la batalla contra la rebelión. Se detuvo a analizar todo el terreno, sin máquinas, solo con sus sentidos y experiencia. Muchas cosas no le cuadraban; solo había encontrado dos cuerpos ploctucnianos, faltaba uno, el primero que había eliminado Aleck, que lo había escondido ya que esperaba el ataque en el que murieron los otros dos extraterrestres.

Scroctac analizaba una y otra vez los cuerpos de esos dos ploctucnianos, observando los cortes en sus cuerpos y las huellas de la batalla. Lo que no le cuadraba es que solo había rastro de dos seres peleando junto a cada uno de los cadáveres. Lo primero que le vino a la mente fue: «Es traición, ¿quién más podría eliminar a mis soldados? Pero ¿quién y por qué?». Se estaba rompiendo la cabeza. Decidió pasar una noche allí y pensar muy bien su siguiente movimiento.

Sus vehículos de ataque no estaban, y sus huellas iban al sur. Aleck, Elena, Carlos y algunos voluntarios se llevaron los vehículos lo más al sur posible después de la batalla, para despistar al enemigo y hacerles creer que huían en esa dirección. Pero eso era lo que menos le importaba a Scroctac; seguía pensando: «¿Quién, quién?». Sabía que algo andaba mal. «¿Bracto tal vez?», no se le ocurría nadie más. Decidió llamarlo.

Al día siguiente, Bracto ya estaba en la zona donde había perdido la señal de su comando, temeroso de lo que Scroctac querría de él. Ya con cortarle un brazo había sido suficiente. Scroctac lo llevó a dar un paseo, justo donde estaban los dos cadáveres. Se los mostró y le pidió su opinión a Bracto. Bracto, después de analizar un buen rato, ya tenía su veredicto, pero tenía miedo de decírselo a Scroctac. Se armó de valor y le dijo:

—Scroctac, lo que veo me espanta. Esta es una pelea mano a mano entre un ploctucniano y algo más. Si te fijas, las huellas son muy diferentes; estas son claramente de nuestro amigo Tector, que por lo que veo peleó valientemente, pero estas otras parecen ser de un humano.

Scroctac no había notado la diferencia de huellas; lo que decía Bracto tenía sentido. Scroctac ya había decidido matar a Bracto en ese lugar, pero su veredicto le salvó la vida. De todos modos, Scroctac decidió que Bracto se quedaría a su lado hasta descubrir la verdad. Mandó exploradores para continuar con la búsqueda de los rebeldes y partir en una dirección.

Sus exploradores, humanos por cierto, le informaron que las huellas claramente iban al sur, pero Scroctac decidió mandar a Bracto junto con otro soldado ploctucniano a verificar, mientras él se quedaba en el lugar, pues ya había encontrado la base rebelde y quería conocerla a fondo. Había algo más que no cuadraba: «¿Por qué no aparece la base en mis satélites?». Esto lo tenía preocupado, ya que él mismo lo había verificado; esa base debía aparecer sin problema en las imágenes del satélite, pero no entendía qué lo estaba obstruyendo.

«Los satélites están siendo manipulados por alguna fuerza que no entiendo; mis soldados claramente fueron vencidos por un humano; esa rebelión desaparece sin dejar rastro. ¿Qué carajos está pasando?», pensaba Scroctac.

Al cabo de unas doce horas, Bracto se reportó con Scroctac.

—Hemos encontrado los vehículos, justo en un arroyo. Claramente nos quieren hacer pensar que huyeron al sur, pero logré encontrar rastros bien ocultos de que regresaron por los árboles un kilómetro, luego bajaron. Todo me indica que regresaron a la base rebelde.

Scroctac, pensativo, dijo:

—Estos desgraciados están más cerca de lo que creemos.

Le dio la orden a Bracto de regresar a la base rebelde y seguir el rastro. Bracto claramente era el mejor rastreador de los ploctucnianos.

En seguida, Bracto logró detectar el rastro y comenzó la búsqueda. Pero no soportaba el peso de la mirada de Scroctac; sabía que sus días estaban contados, pues Scroctac ya había perdido la confianza en él. Sabía que solo tenía dos opciones: convencerlo de su lealtad y efectividad, o huir de Scroctac, pero esa segunda opción era temporal, porque tarde o temprano sería localizado. «Aunque estos rebeldes se han logrado esconder bastante tiempo», pensaba Bracto. No le había dado tanta importancia, pero comenzó a reaccionar y se dio cuenta de que algo estaba pasando. «¿Alguna intervención externa tal vez? Hace demasiado tiempo que no sabemos del Sistema Galáctico, y no creo que estén muy contentos con lo que hemos hecho en este planeta. Seguro ellos están interfiriendo los satélites. Esto podría salvarme el pellejo».

Mientras buscaban la base, Bracto se saturaba de pensamientos e ideas. Conocía bien la zona y ya había deducido que los rebeldes estaban ocultos en lo que en su momento fue la Ciudad de México, pero no le dijo nada a Scroctac. Bracto ya tenía un plan a medias, que consistía en que lo enviaran a explorar, lo cual sería su oportunidad para escapar e ir a la ciudad y unirse a los rebeldes. Era un plan a medias porque la parte de unirse a los rebeldes era más complicada que escapar. Bracto se sentía entre la espada y la pared: con Scroctac sabía que tarde o temprano sería eliminado, y con los rebeldes seguramente también sería eliminado, pero Bracto daba por hecho que los rebeldes estaban acompañados por extraterrestres del Sistema Galáctico, y ahí es donde veía la oportunidad de obtener un perdón a cambio de traicionar a Scroctac.

En efecto, Bracto logra ser enviado solo a explorar (convenció a Scroctac de que solo sería invisible si estaban los enemigos cerca). Scroctac quería conocer ya la posición de los rebeldes para atacar, aniquilar y regresar a sus actividades diarias. Se preparó para el ataque.

En la base rebelde (la Ciudad de México), la gente de Óscar ya sabía que los ploctucnianos estaban cerca, y dieron aviso de la presencia de un solo ploctucniano a punto de llegar al territorio rebelde. Aleck esperaba ver algunos signos de exploradores o robots de rastreo; esperaba un ataque completo de un solo golpe. No esperaba un solo ploctucniano entrando a la base.

—Esto debe ser un señuelo, una trampa —pensó Aleck.

Decidió mandar a un voluntario a interceptar al ploctucniano (todos los rebeldes ya estaban preparados para recibir el ataque; Aleck había ideado un plan muy atrevido).

El voluntario llegó por fin frente al ploctucniano; este le dijo que tenía información valiosa para sus líderes y que estaba dispuesto a traicionar a Scroctac a cambio de que le otorgaran un perdón. El voluntario se alejó, recibió una señal del interior de la ciudad e invitó a entrar al ploctucniano. Bracto no podía creer que fuera tan fácil; pensaba que su teoría era cierta: «El Sistema Galáctico está aquí, y van a recibirme».

Bracto caminaba detrás del humano, en un silencio total. Justo antes de entrar al perímetro, miró a su alrededor y logró ver varios humanos ubicados estratégicamente. De pronto, sintió un escalofrío y se quedó paralizado por el miedo unos segundos. Miró hacia atrás lentamente. Logró ver un reflejo a lo lejos, se puso un visor con un gran aumento, y lo último que vio Bracto fue a Scroctac, sonriendo y apuntando con un arma de largo alcance. Los humanos, que tenían su mirada puesta en el ploctucniano, vieron de pronto su cabeza estallar, justo después de un pequeño destello a lo lejos.

Scroctac lo dejó ir solo porque sabía que lo traicionaría; él mismo lo siguió en solitario para que Bracto no lo descubriera. Ya tenía la ubicación de la base.

—Nunca debiste desafiarme, Bracto —murmuró Scroctac.

Batalla. Muerte

En cuestión de minutos, Scroctac ya estaba con toda su artillería y soldados, con helicópteros volando sobre la ciudad.

—Puedo mandar coordenadas y pedir que destruyan el lugar a distancia, pero eso no tendría diversión. Quiero atrapar vivos a sus líderes, torturarlos un rato y después eliminarlos. Hace mucho que no entro en batalla cuerpo a cuerpo, qué emoción —pensó Scroctac.

Los helicópteros solo vigilaban los perímetros, con la instrucción de no permitir que nadie escape. Scroctac dio la orden de entrar a la ciudad y atacar, enviando primero quinientos vehículos de guerra cargados de soldados, que entraron por todos los accesos de la ciudad. Al entrar, los vehículos desplegaron un total de mil doscientos cincuenta soldados, posicionados estratégicamente en grupos detrás de los vehículos, que iban abriendo paso sin ninguna dificultad, pasando sobre escombros y coches sin necesidad de esquivarlos. Estos disparaban proyectiles a la parte superior de los edificios, obligando así a salir a la gente que estaba dentro. Los pocos que salían eran aniquilados por los soldados que iban a pie tras los vehículos, y tomaban prisioneros a algunos. En poco tiempo, los vehículos llegaron a su punto de encuentro. Scroctac decidió entrar con los otros tres ploctucnianos en sus dos vehículos voladores. Tenía informes de que la ciudad había sido tomada.

—Demasiado fácil —pensaba Scroctac.

En su vehículo volador decidió dar una escaneada a la ciudad, y se dio cuenta de que todos los rebeldes aniquilados y tomados prisioneros eran adultos mayores.

—Estos desgraciados ya se fueron a otro lado y dejaron a estos ancianos como señuelo.

Se elevó en su vehículo para tener un panorama más claro y vio que todos sus vehículos y soldados estaban en un mismo lugar, en una explanada entre edificios.

—Esto no me gusta nada, estamos en una muy mala posición para recibir un ataque.

Scroctac se quedó analizando unos segundos.

—¡Es una trampa, despliéguense ahora! —gritó.

Pero antes de terminar de transmitir la orden, todos los edificios alrededor de los vehículos explotaron desde abajo, haciendo que todos al mismo tiempo se derrumbaran sobre los vehículos y soldados.

Scroctac solo veía polvo, mucho polvo; se escuchaban gritos y desorden entre sus soldados. Scroctac, enfurecido pero tranquilo, solo observó, esperando a que el polvo se disipara para planear su siguiente movimiento.

Desde arriba, logró ver cómo por todos los perímetros se acercaba el ataque de los rebeldes, apresurados, unos a pie, otros en coches y camiones; mujeres y hombres al ataque. Los soldados de Scroctac todavía no se habían recuperado de las explosiones cuando ya iban a recibir un ataque que seguramente los aniquilaría. Los vehículos estaban bajo los escombros y muy pocos podían liberarse para continuar la batalla.

Scroctac decidió unirse a la batalla y atacar a los coches y camiones antes de que llegaran.

El plan de Aleck había dado resultado. Un plan arriesgado y con un gran sacrificio. Al saber que venía el ataque de Scroctac, la mayoría de los adultos mayores decidieron quedarse como señuelo y atraer el ataque. La mayoría eran padres o abuelos, y harían todo lo posible por darles una oportunidad a sus familias, incluyendo a Malcom y Lynors. No sabían con seguridad dónde sería el ataque, así que pusieron explosivos en todos los edificios. Óscar, Carlos y Elena estaban dispersos por las afueras de la ciudad, dirigiendo a toda la rebelión para atacar una vez dada la señal; esta señal sería emitida por Aleck, que nunca abandonó la ciudad. Vio todo el ataque sin hacer nada, desplazándose a gran velocidad sin ser visto, y cuando vio la oportunidad, él mismo detonó los explosivos.

—Ahora sí es el momento de entrar en la batalla —pensaba Aleck, pero logró ver las naves de Scroctac—. Tengo que llamar la atención de esas naves antes de que destruyan a todos los que van al ataque.

Scroctac comenzó un ataque aéreo desde su nave, destruyendo vehículos rebeldes, hasta que logró ver a lo lejos algo que caía sobre la otra nave y comenzaba a destruirla con una espada. Esta cayó. Asombrado, Scroctac vio cómo ese algo salía ileso después de derribar la nave.

—¿Es un humano, o qué carajos es eso? —el otro ploctucniano, también asombrado, no supo qué contestar.

Elena, Óscar y Carlos, junto con sus guerreros, ya se habían reunido en la explanada; el ataque final había comenzado.

Scroctac decidió dejar la nave caída e ir a la explanada.

—Vamos a donde está el caos, seguramente nos toparemos con este desgraciado más adelante.

Antes de llegar a la explanada, dispuesto a disparar a discreción sin importar si golpeaba a sus tropas, fue alcanzado por un proyectil lanzado por una antigua bazuca. Desde lo alto de un edificio destruido, Malcom sonreía. Lynors, tras Malcom, le dio una palmada.

—Es momento de retirarnos y dejar que ahora los jóvenes peleen. Se lo prometiste a tu hijo.

Malcom accedió.

En la explanada se libraba una gran batalla, claramente dominada por los rebeldes. Mientras tanto, Aleck, junto a la nave destruida, esperaba a que los dos ploctucnianos salieran. Estos salieron y vieron a Aleck.

—¿Quién de ustedes dos es Scroctac? —preguntó Aleck, y estos, sin pensarlo, lo atacaron. Aleck ya tenía experiencia peleando contra otros ploctucnianos. Le desgarró la tráquea al primero en un instante, y casi al mismo tiempo bloqueó el ataque del otro. Este se quedó paralizado viendo cómo se desangraba su compañero. Aleck lo observó un instante y, antes de hacer su ataque, el ploctucniano le gritó:

—¡Scroctac te va a matar, es mucho más fuerte que nosotros, no va a dejar a nadie vivo!

Aleck lanzó su ataque; el ploctucniano se defendió, pero en pocos segundos fue aniquilado.

Al instante, Aleck pensó: «Elena». Se apresuró a la explanada.

—Scroctac ya debe estar en la batalla, y yo perdiendo el tiempo con estos dos.

Carlos, en la batalla, comenzó a sentir mucha confianza; sentía la victoria, y comenzó a gritar:

—¡Sin piedad, sin prisioneros, son nuestros!

Al mismo tiempo que gritaba, vio cómo la cara de sus soldados cambiaba; se veía terror en sus caras. Sintió una mano en la parte superior de su cabeza que lo apretó con tal fuerza que se la aplastó como si fuera un cascarón; acto seguido, su cuerpo fue seccionado en cuatro partes. Scroctac, con una sonrisa fría, lanzó las partes del cuerpo de Carlos en cuatro direcciones, con el fin de desanimar a los rebeldes. En otro extremo, el otro ploctucniano iba rodando cabezas por donde pasaba. Scroctac, después de aniquilar a Carlos, se lanzó contra todo rebelde a su paso.

Elena logró ver a lo lejos pedazos de sus amigos esparcidos; a lo lejos, vio a un ploctucniano. Se cruzaron sus miradas; Elena sentía que estaba viendo un abismo sin fondo. El ploctucniano no tenía expresión alguna, y sus ojos eran de un negro absoluto. Este se abalanzó contra Elena a una velocidad muy superior a la de cualquier humano. Elena se dio cuenta de que su fin había llegado, pero decidió enfrentarlo, morir con dignidad. Antes de hacer contacto con el ploctucniano, le vinieron a la mente pensamientos de Aleck, de sus amigos. Sabía que no tenía oportunidad; cerró los ojos y sintió sangre correr por su rostro. Abrió los ojos.

—No es mi sangre —pensó.

Era sangre muy oscura. Vio al frente y allí estaba el ploctucniano, partido casi a la mitad, desde la cabeza hasta el tórax. Seguía de pie; después de unos segundos, cayó muerto. Miró a su alrededor y vio un rastro de enemigos destruidos de manera muy similar.

—Aleck —pensó con una sonrisa y un poco de malicia.

Después de asegurarse de que Elena estuviera a salvo, a lo lejos vio a Óscar peleando y resistiendo, pero no encontraba a Scroctac. Escuchó un destello, el mismo destello que escuchó cuando la cabeza de Bracto explotó; en seguida, a una velocidad impresionante, movió su cuerpo, logrando que el disparo que iba en dirección de su corazón le diera en el brazo. Inmediatamente miró hacia arriba; allí estaba Scroctac, serio, sin ninguna sonrisa.

—¿Qué eres? —pensaba Scroctac.

«Está herido, ahora es el momento de atacarlo». Scroctac tiró su rifle, sacó una lanza de doble filo y, de un salto, bajó del edificio, acercándose. La batalla que seguía a su alrededor se fue calmando. Scroctac y Aleck estaban frente a frente, separados por unos metros. De forma automática se hizo silencio. Elena corrió al sitio donde estaban Aleck y Scroctac, y se detuvo junto a Óscar. Los soldados de Scroctac (los pocos que quedaban) se reagrupaban tras él.

«Esto se decide ahora», pensaba Aleck, ansioso pero tranquilo a la vez. No estaba seguro de que ese ploctucniano fuera Scroctac, pero de lo que sí estaba seguro era de que este ploctucniano era más fuerte que cualquiera que hubiera enfrentado antes.

Scroctac, intranquilo, se dio cuenta de que la herida en el brazo de Aleck ya estaba curada. «¿Qué cuentan nuestros amigos del Sistema Galáctico?», preguntó Scroctac.

Aleck, con una sonrisa, le contestó: «Nada importante, solo que ya están hasta la madre de lo que han hecho en este planeta. Pero no te preocupes, me mandaron para darte sus saludos. ¿Empezamos?»

Scroctac, viendo fijamente a Aleck, por primera vez sentía algo de miedo. «Ya no estoy tan emocionado», pensó Scroctac, con una sonrisa. Se acercó muy tranquilamente a Aleck, bajando su lanza, con una intención de charla, y al estar a metro y medio de Aleck, su expresión cambió drásticamente, intentando seccionarlo de abajo hacia arriba. Aleck apenas logró bloquear el ataque, y en seguida Scroctac continuó con sus ataques; era muy rápido, y con su lanza de doble filo duplicaba su velocidad. Scroctac logró hacerle algunos cortes a Aleck, uno muy cerca de su ojo y otros dos en el abdomen. Aleck, con un salto hacia atrás, entró en un edificio para tomar un rápido respiro e interrumpir los mortales y continuos ataques de Scroctac. «Demonios, este ploctucniano es muy rápido, y más fuerte que los otros. Definitivamente debe ser Scroctac».

—¡Voy por tus amigos! —gritó Scroctac.

«Tranquilo», pensó Aleck.

Antes de que Scroctac se abalanzara contra los rebeldes, Aleck salió y le gritó:

—¡Ey, Scroctac! ¿No te has dado cuenta? Ya estás muerto.

Aleck saltó del edificio y, a paso rápido, se lanzó contra Scroctac. A simple vista de los soldados y rebeldes, no lograban ver los movimientos de estos dos seres; solo se veían movimientos muy rápidos y chispas, cambiando de dirección en instantes. Algunos rebeldes trataron de ayudar a Aleck, pero era imposible acercarse a estos dos combatientes. Scroctac, de poco más de tres metros, era muy imponente, incluso para Aleck; era sorprendente cómo algo tan grande podía ser tan rápido. Aleck, durante la pelea, logró descifrar un patrón en los ataques de Scroctac, y con el paso de los segundos, comenzó a ver más claramente los movimientos del ploctucniano. Scroctac se dio cuenta de que sus ataques ya no eran tan efectivos, y mentalmente comenzó a sentirse más débil; Aleck adivinaba sus movimientos y ya comenzaba a anticiparlos, hasta que partió en dos la lanza de Scroctac. En el mismo ataque, Aleck logró partir en dos la parte inferior de la cara de Scroctac. Este, aterrorizado, sabía que su boca estaba seccionada; no podía hablar, solo emitía gritos aterradores y desesperados de esfuerzo.

Aleck decidió no bajar la intensidad de sus ataques; por un lado, quería hacerlo prisionero y que pagara por sus atrocidades, pero por otro, tenía que terminar con él en ese momento, sin dar la mínima oportunidad de que escapara o fuera liberado.

Scroctac, ya más débil por la pérdida de sangre y con solo una parte de su lanza, disminuyó su velocidad. Aleck aprovechó la oportunidad y logró cortarle una pierna; este cayó e intentó levantarse lo más rápido posible. Al levantarse, Scroctac solo vio la explanada dar vueltas, cayó al suelo y vio su cuerpo separado de su cabeza.

Después de terminar la pelea entre Aleck y Scroctac, se hizo un silencio total. Los soldados de Scroctac que quedaban tiraron automáticamente sus armas; Óscar los sometió con sus hombres y los hicieron prisioneros. Por fin habían vencido a Scroctac, pero nadie festejó; habían perdido a muchos familiares y amigos.

Elena se acercó a Aleck y lo abrazó. Aleck estaba serio, seguía tenso por la pelea; su mente todavía no asimilaba que había terminado. Poco a poco se fue tranquilizando. Recogieron a sus amigos heridos y enterraron a sus muertos.

Muy pocos pudieron dormir esa noche. Aleck hizo guardia hasta que amaneció. Ya había eliminado a Scroctac, el líder supremo de los ploctucnianos que dominaban la Tierra, pero todavía quedaban muchos ploctucnianos en Europa, Asia y África. Seguramente sabían del ataque de Scroctac y la ubicación, y al no saber nada de él, alguien tomaría su lugar. Aleck sabía que su gente no podría aguantar otro ataque.

La revelación

La ciudad estaba destruida, no podía ser habitada y, si tenían suerte, lanzarían otro ataque. O simplemente ya podría estar en camino algún misil para destruir lo que quedaba. Aleck decidió ir a la ciudad principal en América del Norte y tal vez tomarla. Óscar y Malcom lo contradijeron; ellos preferían regresar al bosque, esconderse y recuperarse. La gente tenía los ánimos por los suelos y quedaban poco menos de la mitad de los que eran al principio de la batalla. Aleck sabía que no podía obligarlos a ir a la ciudad principal, pero tenía un plan.

—¿Cuántos soldados de Scroctac sobrevivieron? En unos días serán liberados de su manipulación mental; ellos pueden decirme cómo entrar a la ciudad, el movimiento, cuántos ploctucnianos quedan, a ver qué tanta información tiene.

Lucrac, casi como si fuera una película, vio todo lo sucedido desde que mandó de regreso a Aleck. La verdad, estaba orgullosa de su creación. Tolrac, a su lado, recordó lo último que le dijo Aleck antes de irse: «Me debes la revancha». Tolrac esperaba con ansias poder medir su fuerza con Aleck, en un plan de entrenamiento, por supuesto.

Lucrac decidió informar al consejo del Sistema Galáctico e invocar una reunión urgente. Ya todos los integrantes reunidos, y con toda la información actualizada, Lucrac pidió y exigió intervenir.

—El momento de los humanos ya llegó; han demostrado que pueden valerse por sí mismos, han sido testigos de lo que son capaces, aun estando en una enorme desventaja.

Uno de los miembros le contestó a Lucrac:

—Has hecho trampa, Lucrac, ¿no crees?

—Solo equilibré un poco la balanza. La idea era dejar que los humanos evolucionaran, pero fue un error nuestro dejar ploctucnianos en la Tierra escondidos. Solo le di la verdad a un humano, un líder nato, y con eso surgieron más líderes; todos trabajaron en conjunto. Se sacrificaron por el bien común de su especie, sangraron, murieron y derrotaron a Scroctac. No era justo dejarlos totalmente solos; fueron manipulados desde el principio. A lo largo de toda su historia, surgieron muchos líderes tratando de derrocar la tiranía que los oprimía, pero al no saber la verdad, eran derrotados o traicionados. Del 100 % de la humanidad, vale la pena salvar a un 80 %, créanme, lo he visto. A estas alturas, los humanos ya eran usados como ganado o animales de laboratorio, y, aun así, lograron sobresalir algunos. Ya no hay vuelta atrás; debemos intervenir justo ahora, antes de que ese gran esfuerzo y sacrificio hecho por Aleck y toda su tribu haya sido en vano.

Nadie objetó, y con un voto unánime, se terminó la junta.

La gente de Aleck se preparaba para huir, mientras Aleck se preparaba para avanzar a la ciudad principal. Óscar con su gente y Malcom con la suya, unidos como una sola tribu, planeaban dónde se esconderían para retomar fuerzas. Aleck y Elena sacaban información de los soldados; no tenían mucho tiempo, en cualquier momento podía llegar el enemigo.

Ya reunidos todos en la parte sur de la ciudad, se despidieron de Aleck y Elena.

—Nos veremos pronto para reagruparnos, sabrán de mí pronto —comentaba Aleck, pero antes de que terminara su frase, una sombra los cubrió a todos. Al voltear al cielo, una nave impresionante, sin ruido, se deslizó sobre ellos y aterrizó unos cientos de metros delante de Aleck y su gente. La reacción de todos fue totalmente desmoralizadora; ¿qué podrían hacer contra semejante artefacto? Aleck los calmó.

—Todos en formación detrás de mí, tranquilos. Si quisieran destruirnos, ya lo habrían hecho.

Aleck tenía sospechas de quién era esa nave.

«Espero que sea ella», se decía en su mente.

De la nave salieron unos ploctucnianos formando una línea curva, en forma de escudo, y crearon un campo de fuerza en toda la línea. Dentro del campo de fuerza se veía opaco, los ploctucnianos se distorsionaban. Aleck, alerta, ya no estaba tan seguro de su sospecha. Una figura del fondo del campo se acercó, haciéndose más grande, hasta que atravesó el campo. Un gran ploctucniano soldado, este era más imponente que Scroctac. Aleck sonrió.

—¡Quietos todos, bajen las armas! ¡Si alguien dispara, le rompo el brazo!

Aleck caminó hacia el ploctucniano, y este le dijo:

—¿Listo para la revancha?

—La verdad, ahorita me gustaría asegurar la seguridad de mi gente, Tolrac...

—Está asegurada, ya terminó. De hecho, si entras, podrás ver a todos los secuaces de Scroctac como prisioneros. Lucrac quiere hablar con ustedes; invita a la nave a quien consideres pertinente.

Aleck, casi con lágrimas en los ojos, le dio la mano a Tolrac, se dio la vuelta y regresó con su gente.

Todos en silencio, preguntaron:

—¿Qué sucede?

—¡Señores y señoras, niños, salgan! Hemos hecho historia, nuestro movimiento ha triunfado. Dentro de esa nave están todos nuestros enemigos hechos prisioneros. Padres, Elena, Óscar, me gustaría que me acompañen a la nave; les quiero presentar a Lucrac, la ploctucniana de la que tanto les hablé. El grandote que da miedo es Tolrac; fue el que me secuestró —dijo, riendo.

Los ánimos cambiaron; la gente comenzó a sentir tranquilidad, y con la tranquilidad, alegría. No sabían qué pasaría, pero estaban ansiosos por descubrirlo.

Malcom, Lynors, Elena y Óscar estaban impactados por la nave. De igual manera que a Aleck, los recibieron en un bosque simulado, con un banquete delicioso y unas cervezas de primera.

—Nada que ver con tu asqueroso tequila, ¿verdad, Óscar? —dijo Aleck.

Óscar reía.

A partir de ese momento, toda la humanidad fue liberada. Se les dio a cada humano unas tabletas que contenían toda la historia real de la humanidad, desde cómo fueron creados, dominados, pasando por todos los siglos, hasta el momento de la rebelión de Aleck, así como muchas otras rebeliones esparcidas por el mundo.

Lucrac permaneció en la Tierra hasta que quedó establecido un gobierno, si así se le puede llamar, y ahora la Tierra era parte del Sistema Galáctico. Malcom representó a la Tierra a partir de ese momento. No había un presidente o rey, era un comité representado por varios miembros de todas las regiones. Ahora la Tierra era parte del Sistema Galáctico, con nuevos trabajos, nuevas vidas, igualdad; una igualdad con un sistema totalmente diferente a los implementados por los antiguos tiranos, en el que el dinero y las religiones eran solo simulaciones de poder. Eso ya se había terminado. Muchos terrestres emigraron a otros planetas y muchos extraterrestres se instalaron en la Tierra. Todos tenían una función.

Óscar, por más que buscó algún oficio, se quedó como uno de los jefes de seguridad; tenía buen ojo para identificar bravucones, y eso le gustaba.

Aleck y Elena se fueron a tierras escocesas; no pudieron tener hijos (el sistema reproductor de Aleck ya no era compatible con el humano), pero crearon una buena vida. Sus tierras producían lo necesario para cooperar en el sistema; viajaron a lugares a años luz de distancia, vivieron así cuarenta años más, hasta que Elena falleció. Aleck ya se había preparado para ese momento; sabía que llegaría. Sin envejecer absolutamente nada, enterró a

Elena y le dio las gracias por una fantástica vida. Se quedó medio año más en sus tierras, hasta que decidió buscar a Tolrac.

—Ahora sí estoy listo para la revancha, Tolrac.

Por fin, sonrió Tolrac.

No se sabe quién ganó, pero juntos ayudaron a mantener el orden en la galaxia... por mucho, mucho tiempo.

FIN

Lecturas recomendadas

Operación Heggins. Una conspiración interplanetaria (Marco Zaror)

El hombre que nunca envejecía (Francisco J. Bonnemaison)

Legado de Brelios (Diego Cabaña)

EDIQUID

www.ingramcontent.com/pod-product-compliance
Lightning Source LLC
LaVergne TN
LVHW040951150826
845672LV00002B/645

* 9 7 8 6 1 2 5 1 6 0 7 5 1 *